# SUTOPPU!

**Koko wa kono manga no owari dayo.
Hantaigawa kara yomihajimete ne!
Dewa omatase shimashita!
Tanoshii hitotoki wo dozo!**

**EMA-Manga Chiimu**

# STO

W0242240

**Das ist der Schluss des Mangas.
Fangt bitte am anderen Ende an!
Und nun genug der Vorrede,
viel Spaß beim Lesen!**

**Euer EMA-Manga-Team**

"Rhesus positiv Rh+" von Ayako Suwa
Aus dem Japanischen von Burkhard Höfler
Originaltitel: "RH Plus" Vol. 04

Originalausgabe:
© 2009 Ayako Suwa
All rights reserved.
First published in Japan in 2009 by ENTERBRAIN INC., Tokyo.
German translation rights arranged with ENTERBRAIN, INC.

Deutschsprachige Ausgabe:
© 2010 EGMONT Manga & Anime
verlegt durch EGMONT Verlagsgesellschaften mbH,
Gertrudenstraße 30-36, 50667 Köln

1. Auflage
Verantwortliche Redakteurin: Tamara Kastl
Textbearbeitung: Christian Schmidt / Etsche Hoffmann-Mahler
Lettering: Asiatype
Gestaltung: Wolfgang Schütte
Koordination: Christopher Willmann
Buchherstellung: Elisabeth Hardenbicker
Druck und Verarbeitung: CPI – Clausen & Bosse, Leck
ISBN 978-3-7704-7237-6

Noch mehr Vampire auf:
www.manganet.de

ZUR ZEIT DES EXTRAS?
JEDENFALLS... VOR EINIGEN JAHREN...
...HATTE ICH JEDE MENGE FREUDE BEIM ZEICHNEN.
DIE PLANUNG UND DIE ARBEIT SELBST... ALLES HAT SPASS GEMACHT!
WENIGSTENS STIMMEN DIE KLAMOTTEN.
DIE ZIMMER DER JUNGEN LEUTE WIRKEN SO ENG...
MEINE GANZE DANKBARKEIT GILT MEINER REDAKTION UND ALLEN MEINEN FREUNDEN, DIE MIR GEHOLFEN HABEN.
IRGENDWANN REVANCHIERE ICH MICH!
AGEHAS IDEAL IST EIGENTLICH, WIE KIYOI ZU WERDEN, ABER ES IST MASAKAZU, DEM ER IMMER ÄHNLICHER WIRD. DER ARME!
UND VOR ALLEM NATÜRLICH VIELEN DANK AN MEINE LESER!
BEUG
ICH WÜRDE MICH FREUEN, WENN WIR UNS WIEDERSEHEN...

IM HINTERGRUND WAR DER FERNSEHER AN...
... UND ES LIEF EINE BELIEBTE KRIMISERIE.
...
DANN ... MACHE ICH VORLÄUFIG ERST MAL MIT „MASAKAZU TAMURA"* WEITER?
SO GANZ ZUFRIEDEN BIN ICH ABER NICHT DAMIT!
DOCH ES BLIEB BEI DER NAMENSGEBUNG.
UND BEI DER VERFILMUNG WAR ES GENAUSO...
SUWA-SAN... EIN MITARBEITER VOM FERNSEHEN WILL WISSEN, OB DAS WIRKLICH OKAY IST MIT MASAKAZUS NAMEN.
HÄ?!
DA... DAS KANN ICH DOCH JETZT NICHT MEHR ÄNDERN!
*BEKANNTER SCHAUSPIE
ICH...
... VERFLUCHTE MEINE LEICHTFERTIGKEIT VON EINIGEN JAHREN ZUVOR.
DOCH JETZT IST MIR DIESER NAME EINFACH SUPER VERTRAUT...
... UND DESHALB DENKE ICH, IST ER AUCH IN ORDNUNG SO.

WAS IST MIT MASAKAZU?
KOMMT DER GAR NICHT VOR? DAS IST DIE LETZTE FOLGE!
EH...?
MASAKAZU HAT NICHTS MIT DEM INHALT ZU TUN!
HM, MASAKAZU...
UND SO VERSUCHTE ICH, IHN DOCH AM RANDE UNTERZUBRINGEN.
BEI DER AUSARBEITUNG DES PLOTS GAB ES NOCH KEINE ROLLE FÜR IHN...
HM, DAS PASST DOCH GUT!
... ABER INNERHALB DER STORY WURDE MASAKAZU EHER WIE EIN UNDERDOG BEHANDELT...
WIE OFT MUSS ICH DAS NOCH SAGEN?
RÄUM DEIN ZIMMER AUF!
IN DIESEM SINNE „UNDERDOG“!
... UND VIELLEICHT WAR ER BEI DER REDAKTION UND EINEM TEIL MEINER FREUNDE GAR NICHT SO BELIEBT.
GUT, DASS ICH DAS GESAGT HABE!
ICH HAB AUCH VIEL RASTERFOLIE AUF SEINEN KOPF VERWENDET!
STIMMT!
HE, HE, HE...
ALS ICH BEI DER ERSTEN EPISODE ÜBER DIE CHARAKTERE NACHDACHTE...
ZWEI HIGH-SCHOOL-SCHÜLER, EINER MIT BRILLE UND...
... UND EIN FRECHDACHS!
AH! WIE SOLL ER HEISSEN?
MIT NAMEN TU ICH MICH IMMER SCHWER...
DOCH OHNE NAMEN GIBT AUCH KEINE RICHTIGE STORY!
HM...?

DAS NACHWORT!
VIELEN DANK AN ALLE LESER DIESES VIERTEN BANDES!
„RHESUS POSITIV" GEHT DAMIT ZU ENDE.
DAS WAR MEIN ERSTER LÄNGERER MANGA...
IN DER LETZTEN EPISODE...
... KAMEN JA PAPA UND DIE MADAME VOR.
DER PLOT IST OKAY.
DUH!
GUT.
DANN FANGE ICH MAL AN.
AH...
EINEN MOMENT...
... UND SO HABE ICH VIELLEICHT AUCH MAL ETWAS DICK AUFGETRAGEN.
NACHDEM DIESE ARBEIT BEENDET IST, WERDE ICH VIELLEICHT SO SCHNELL NICHT WIEDER EINE GELEGENHEIT ZUM ZEICHNEN BEKOMMEN... DAS MACHT MICH EIN BISSCHEN TRAURIG.

Rhesus positiv Rh+ 4 - Ende

A-AGEHA...
AH!
ALSO, FÜR MICH IST DIE SACHE NOCH NICHT ERLEDIGT!
DER KERL ÜBERSCHÜTTET MICH JEDES MAL MIT GEMEINHEITEN, SOBALD ER MICH SIEHT!
BAMM
DAS IST MEIN TODFEIND!
AGEHA! MANN!!
DU HAST EINFACH SO MEINEN PC BENUTZT!
GWAH
TODFEIND NR. 2
ERWISCHT!
DU SPIELST DOCH EH NUR DAMIT!
...
GYAH!
GYAH!
HMPF!
IMMER DASSELBE! WIE EH UND JE!
FÜR MICH IST DIESE ART VON VERTRAUTHEIT ETWAS, WONACH ICH MICH SEHNE.
WAR DOCH NUR KURZ!
ICH HAB WAS RECHERCHIEREN MÜSSEN!!
BÄH! DAS KOTZT MICH AN!
UND DU HAST EKLIGE SEITEN IM CACHE HINTERLASSEN!
ABER...
IDIOT! SO WAS HAB ICH GAR NICHT NÖTIG!!

GESTERN KAM DIE MADAME ...
... UM KIYOI ZU ERZÄHLEN, DASS SIE MIT MAKOTOS VATER ABHAUT.
ALS ER HÖRTE, DASS ER MAKOTO GESTALKT HAT, WAR DIE HÖLLE LOS!
WAH!
BERUHIGE DICH, KIYO!!
ER WAR FUCHSTEUFELSWILD UND SAGTE, ER WÜRDE IHM DAS GEDÄCHTNIS PLATTMACHEN.
SEHR REIZBAR, DER JUNGE!
HE, HE...
MANCHMAL SAGT KIYOI-SAN ECHT KRASSE SACHEN.
UND DIESER ZORN!
ABER...
... DANN WIRD ER...
... AUCH DIE LIEBE ZU SEINEM SOHN VERGESSEN.
UND DIE ZUKUNFT IST NOCH LANG.
VIELLEICHT GESCHIEHT JA EIN WUNDER...
... UND MAKOTO VERTRÄGT SICH IRGENDWANN WIEDER MIT SEINEM RABENVATER.

ICH WILL, DASS MEIN SOHN...
... MICH SCHÄTZT UND LIEB HAT.
GWOOO
SITZEN SIE JETZT IN DEM FLUGZEUG DA?
KEINE AHNUNG.
ICH HAB MICH NICHT NACH DER FLUG-NUMMER ERKUN-DIGT.
ACH SO?

!
SOLL DAS EINE BRILLE SEIN?
EIFERST DEINEM HERRN WOHL IMMER NOCH NACH, WAS?
ABER ÄHNLICH WIRST DU IHM TROTZDEM NICHT!
BLUSH
PAPA!
LASS AGEHA IN RUHE!
GRINS
BIST JA IMMER NOCH SO VORLAUT ...
... DU NEU-VAMPIR!
WAS KIYOI UND MICH BETRIFFT, GEHT SIE GAR NICHTS AN!
ICH HOFFE...
... DASS SIE MAKOTO NIE WIEDER ETWAS ANTUN!
SCHEISSE! ICH BITTE VIELMALS UM ENTSCHULDIGUNG, DASS ICH KIYOI NICHT ÄHNELE!
SCHIMPF TOB WÜT
AGEHA! SCHREI NICHT SO RUM!
...
ICH WERDE ...
... IHM GAR NICHTS ANTUN.

HM... HM...
ICH KRIEGE 'NEN HALS, WENN ICH NUR AN SIE DENKE!
WAS?
ICH BRINGE SIE UM!
IRGENDWANN MACHE ICH SIE EIGENHÄNDIG KALT!!
HEY...
WAS SAGST DU DENN FÜR SACHEN?!
HM?
SDO
AH!
AGEHA...
T
Z
MA... MAKO-TO?!
WAS SCHLEICHST DU DENN HIER IN DER DUNKELHEIT HERUM?!
EH?
ICH KANN MICH NICHT ERINNERN, DICH SO ERZOGEN ZU HABEN!
...
„ERZOGEN“ HAST DU IHN BESTIMMT NICHT!

DAS GAB ES NICHT IN MEINEN TRÄUMEN UND AUCH NICHT IN MEINER FANTASIE!...
DRÜCK
SO SEHR ICH IHM AUCH GROLLTE...
... UND NICHT VERZEIHEN KONNTE...
WAS IST?
NA JA, ICH MEI-NE...
DU SIEHST RICHTIG FRISCH AUS!
HA?
DEINE HAARE!
ANSCHEINEND BIST DU NUN TATSÄCHLICH MAL IN DICH GEGANGEN!
MIST! DIESES WEIB!

WUPP
...
AH...
DAS...

STIMMT SCHON! DEN ALTEN UMZUBRINGEN WÜRDE ALLES NUR SCHLIMMER MACHEN.
BIS SICH HIER DIE WOGEN GLÄTTEN, SIND WIR LÄNGST ÜBER ALLE BERGE.
WANN WIR ZURÜCKKOM-MEN, WEISS ICH NICHT.
WÄRE SCHÖN, WENN DU MICH BIS DAHIN...
... EIN BISSCHEN ANERKENNEN KÖNNTEST.
ICH KANN NICHT GEDULDIG WARTEN, BIS SICH DEINE GEFÜHLE ÄNDERN.
ABER OB DU MIR NUN VER-ZEIHST ODER NICHT...
AUCH WENN ES EINSEITIG IST...
ICH WILL SEHEN...
... DASS DU ZU DEM ERWACH-SENEN WIRST, DER DIR SELBST ENTSPRICHT!

SIE HAT FÜR ANFANG NÄCHSTER WOCHE EINEN FLUG NACH EUROPA GEBUCHT.
MAN KANN ES AUCH „FLUCHT" NENNEN.
DANN HEISST ES AUCH FÜR UNS ZWEI ABSCHIED NEHMEN.
WAS?!
GE...
EH?!
WAAAS?!
GEHST DU ETWA MIT IHR?!
JA.
ICH BIN ANSCHEI-NEND DIE URSACHE.
SAGT SIE ZUMIN-DEST!

MAKOTO!
DAMM
GOTT SEI DANK, ER IST NUR OHNMÄCHTIG!
ER STEHT JA KURZ VOR DER PENSIONIERUNG!
ÄHM... ICH HAB VON DER MADAME GEHÖRT...
... DU KÖNNTEST AUCH DAS GEDÄCHTNIS VON JEMANDEM MANIPULIEREN...
UH ...
GRUMMEL
DIESES WEIB ...!
SIE KANN NICHT DEN MUND HALTEN!
IN LETZTER ZEIT STECKEN STÄNDIG SOLCHE TYPEN IHRE NASE IN UNSERE ANGELEGENHEITEN.
SELBST SIE WIRD SCHON UNRUHIG.

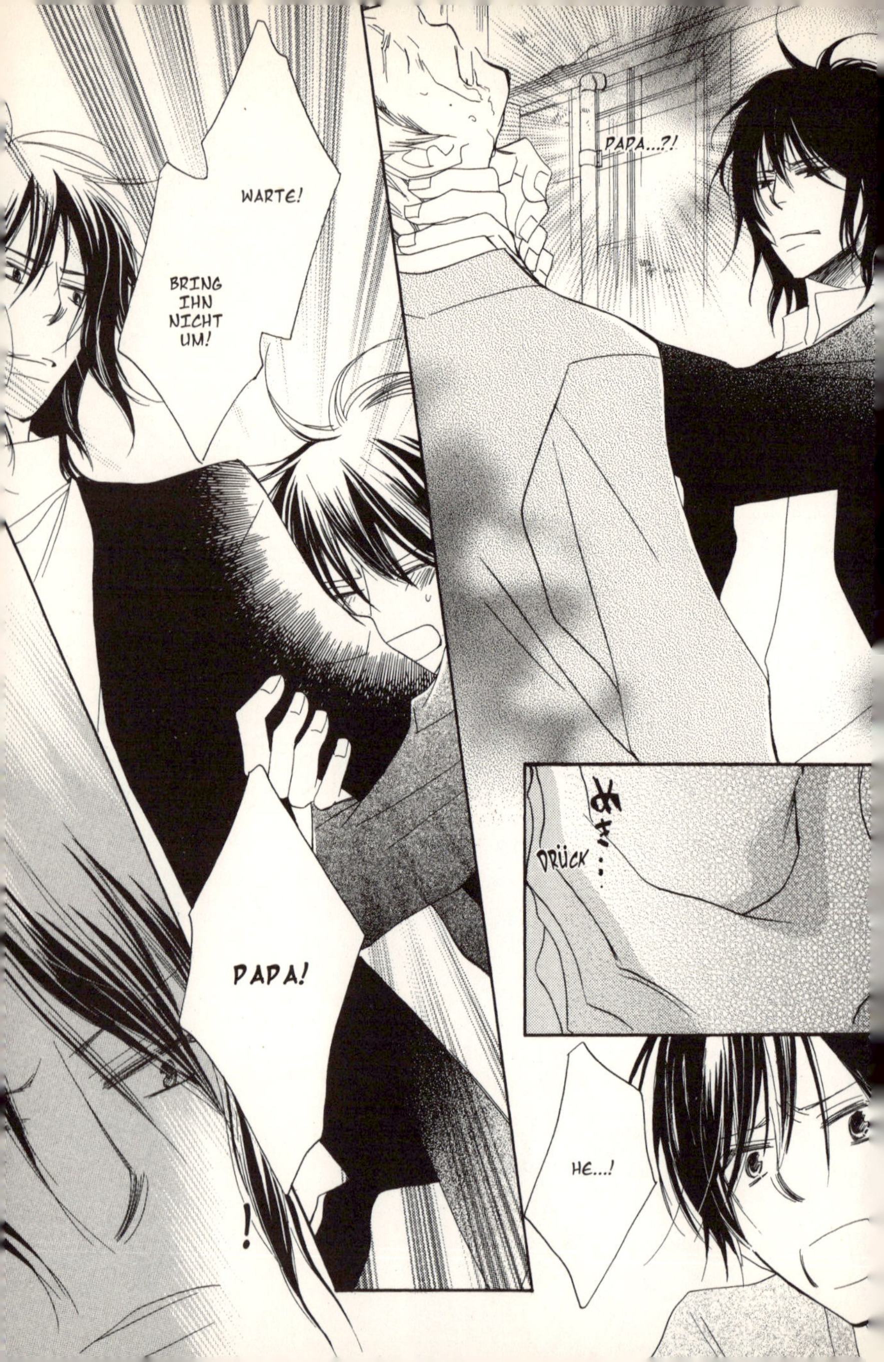
PAPA...?!
WARTE!
BRING IHN NICHT UM!
めき
DRÜCK...
HE...!
PAPA!
!

(STILLE)
...?
EH?
ER IST WEG?
UMPF!
DA!
TAP
!!

... ERMITTELTE, HÖRTE ICH EINE SELTSAME GESCHICHTE.
IN DEM HAUS DER TOTEN LEBTE AUCH EIN KIND, DAS DANN VERSCHWUNDEN WAR.
UND DIESES KIND HABE ICH GESUCHT.
IM SCHRANK AUF DER VERANDA... IN SCHUBLADEN... KLEIDERSCHACHTELN...
... UNTER DEM SPÜLBECKEN...
MANCHMAL...
...FINDET MAN AUCH DIE NADEL IM HEUHAUFEN!
ZUCK

MAKOTO NOGAMI, RICHTIG?
ICH HAB DICH SCHON GESUCHT!
DRUCK AN DEN VOR-GESETZTEN, EINSCHÜCHTE-RUNGEN DURCH JÜNGERE KOLLEGEN...
ICH WERDE BALD PENSIONIERT, ABER ICH WILL NICHT IN RENTE GEHEN UND EINEN UNGELÖSTEN FALL HINTERLASSEN.
GULP
ALS ICH IN DEM FALL DER ER-MORDETEN FRAU...

ER HAT MAMA UMGEBRACHT!
UND ER WAR GRAUSAM ZU AGEHA.
GNN
DEN-NOCH...
WENN ER WIRKLICH...
... NIE WIEDER GEWALTTÄTIG SEIN WIRD...
BIST DU NICHT...
... NOGAMI-KUN?

UND ZU MEINEM ERSTAUNEN...
... NÄHERE ICH MICH ALLMÄHLICH MEINEM VATER AN, DER MIR DOCH IMMER SO TOTAL UNÄHNLICH ERSCHIEN.
WENN DAS SO WEITERGEHT, WERDE ICH GENAU SO SEIN WIE ER... BIS HIN ZU MEINER AUSSTRAHLUNG.
SCHNÜFFEL
NEIN ... DER GERUCH HAT NICHTS DAMIT ZU TUN.
...
UND ICH...?
MEINE HÄNDE, MEINE ARME UND BEINE...
... SIND NUN GROSS GENUG, UM MEINEM ALTER ZU ENTSPRECHEN.
DIE MADAME SAGTE, ER SEI BEI IHR.
UND DA DAS GANZ BEI UNS IN DER NÄHE WAR...
EIN BISSCHEN WILL ICH IHN JA SCHON TREFFEN... MEINE COURAGE MACHT MIR ANGST!
JOY
TAP

MAKOTO...
HM...
?
DANN ÜBERZEUGE KIYOI DAVON, DASS AGEHA EIN FLEISSIGER SCHÜLER IST UND VOLLER EIFER LERNT.
HRMPF!
OKAY, ICH SAG'S IHM...
ABER DASS ER'S GLAUBT, KANN ICH NICHT GARANTIEREN!
WAS?!
ICH BIN DOCH GANZ FLEISSIG!
SCHMM
SCHMM-SCHMM
KICHER
MAS KAZU
WAS ER DA LANGWIERIG IN BÜCHERN NACHSCHAUT, KÖNNTE MASAKAZU IHM AUF ANHIEB SAGEN!
... WIE ER LEIBT UND LEBT!
AUCH NACH JAHREN HAT SICH DARAN NICHTS GEÄNDERT.
ABER ER WILL IHN UM NICHTS BITTEN!
STÄNDIG GESCHWISTER-STREIT!
IRGENDWIE FINDE ICH SOLCHE BEZIEHUNGEN BENEIDENSWERT...

UND AUSSER-DEM...
VER-DAMMT!
WAS SOLL DER SCHEISS?!
GRUMMEL
... IST MEIN SCHLECHTER GESCHMACK, WAS MÄNNER BETRIFFT, NICHTS NEUES.
DASS ER NUN MEIN PROBLEM GEWORDEN IST...
... HABE ICH MIR SELBST ZUZU-SCHREI-BEN.
UHM...
UH...
BIBLIOTHEK
AGEHA...
TIPP
UH...
WENN DU NOCH WAS NACH-ZUSCHAUEN HAST, GEHE ICH SCHON MAL NACH HAUSE, JA?
UH...

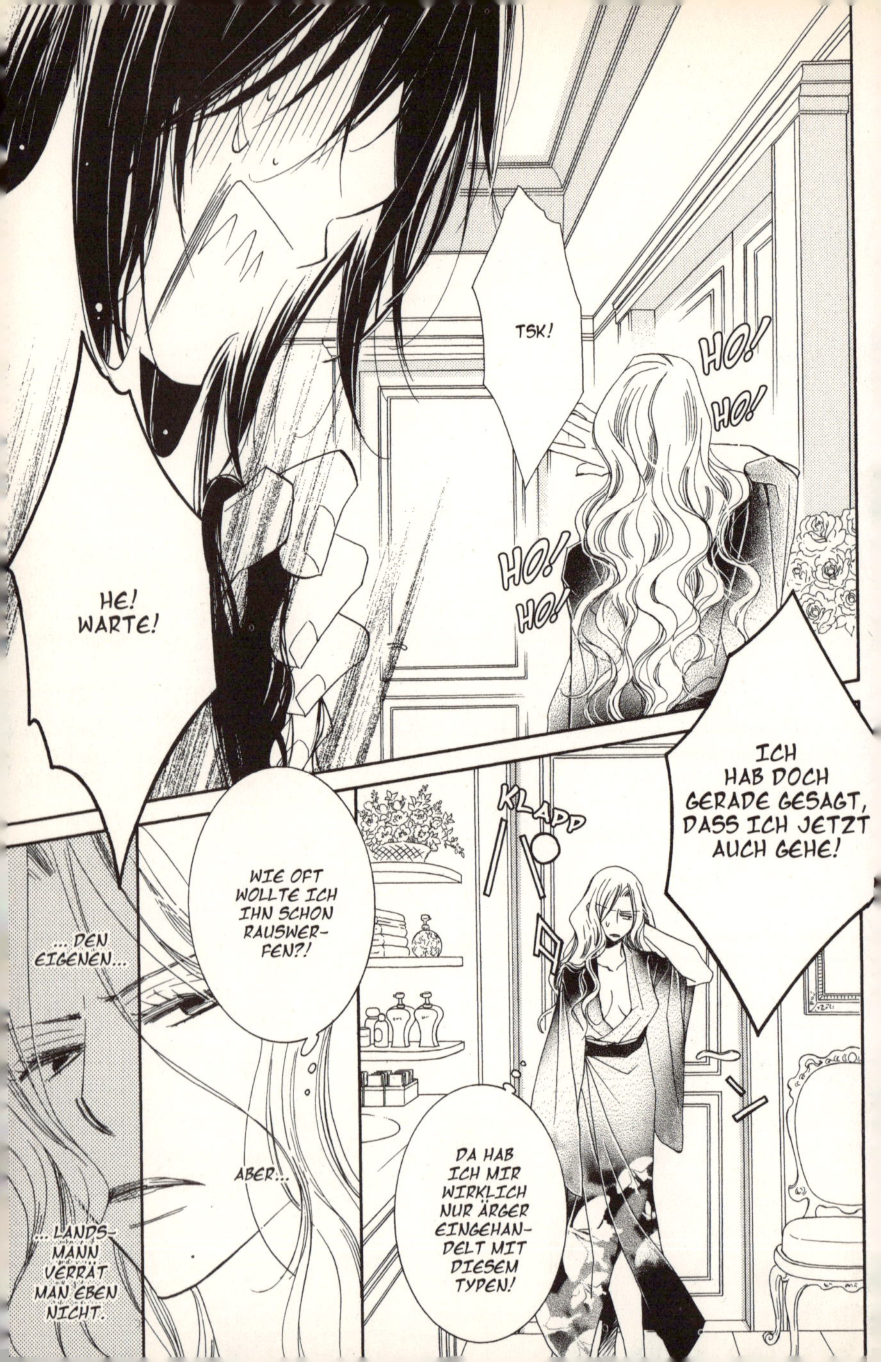
HO! HO!
TSK!
HO! HO!
HE! WARTE!
ICH HAB DOCH GERADE GESAGT, DASS ICH JETZT AUCH GEHE!
KLAPP
DA HAB ICH MIR WIRKLICH NUR ÄRGER EINGEHANDELT MIT DIESEM TYPEN!
WIE OFT WOLLTE ICH IHN SCHON RAUSWERFEN?!
ABER...
... DEN EIGENEN...
... LANDSMANN VERRÄT MAN EBEN NICHT.

SOGAR DEINE HAARE NERVEN!
BLINK
SCHNAPP
DU HAST DOCH SELBST IMMER GESAGT...
FLAPP
?!
WENN MAN IN SICH GEHT, SOLL MAN SICH...
...DIE HAARE ABSCHNEIDEN ND DANN NEU ANFANGEN.

GANZ SCHÖN EKLIG...
... DEN EIGENEN SOHN HEIMLICH ZU BESCHATTEN...
PFFF
WA...
ABER DASS ER MICH HASST, IST DIR NICHT UNANGENEHM, WAS?
DU WIRST MIR IMMER UNANGENEHMER.
...
VON DEN EIGENEN WORTEN VERLETZT
HO! HO! HO!
ERBÄRMLICH BIST DU!
FÜR DEINEN ERBÄRMLICHEN CHARAKTER...
... SPIELST DU DICH GANZ SCHÖN AUF!

DER NAGEL-STYLIST KOMMT UM ZWEI.
ICH EMPFEHLE DIR, BIS DAHIN INS BAD ZU GEHEN UND DEINE RUNZELN UNTER EINER DICKEN SCHICHT SCHMINKE ZU VERBERGEN.
DIE...
SPLITTER
DIESER TYP...
WAS MEINST DU EIGENTLICH, FÜR WEN ICH MIR HIER DEN ARSCH AUFREISSE?!
FAUCH
EINGESCHNAPPT
ICH GEHE JETZT. HAB WAS ZU ERLEDIGEN.
SEELENRUHIG
SPLOSH
SUCH DIR 'NEN ANDEREN LEIBWÄCHTER.
LEIBWÄCHTER?!
DEIN STATUS IST EIN VIEL NIEDRIGERER, DU...!!
DU KLEINER GANOVE!
HM...
DU GEHST WOHL ZU DEM JUNGEN!?
WIE HIESS ER DOCH GLEICH...? MAKOTO...?

ICH ÜBERLEGTE MIR, WELCHE WIEDERGUT-MACHUNG ICH VERLANGEN SOLLTE.
IHN ABRICHTEN... NEIN...
... ABER FÜR MICH ARBEITEN LIESS ICH IHN SCHON.
ICH WEISS ZWAR, DASS DOUZANS ENKEL UND DIE BULLEN NICHT MEHR GEGEN MICH ERMITTELN, DOCH IRGENDWO IST AUCH EINE GRENZE.
WENN ES IM SCHLIMMSTEN FALL DAZU KOMMT, DASS SONST JEMAND...
... BEI MIR ODER MEINEN GESCHÄFTEN HERUMSCHNÜFFELT...
DANN WIRD ALLES DER REIHE NACH AUF-FLIEGEN!
DAS WIRD EINE HEXEN-JAGD!
ICH SOLLTE MICH FIX INS AUSLAND ABSETZEN.
HEY!

KURZ BEVOR ER BEI MIR AUFTAUCHTE...
... HATTE ER BEI KIYOI UND DEN JUNGS ZIEMLICHEN WIRBEL VERURSACHT.
MA-DAME!
ER HAT KEINE EINLA-DUNG... SOLL ICH IHN WEG-SCHICKEN?
OH?
IST DAS DER MANN, VON DEM KIYOI ERZÄHLT HAT?
OBWOHL ER NUN WIRKLICH EIN TÄTER WAR...
...SETZTE ER SICH ALS OPFER IN SZENE.
NEIN, IST IN ORD-NUNG.
DAS IST EIN ALTER BEKANNTER.
ABER VERGISS NICHT, IHN NACHHER ZU MIR ZU SCHICKEN! ♡
ZUCK

WENN ICH DICH DIR SELBST ÜBERLASSE, KRIEGE ICH ÄR-GER...
... UND WENN ICH DICH UM DIE ECKE BRINGE, AUCH!
DAS IST IN JEDEM FALL EIN VERLUSTGESCHÄFT FÜR MICH!
WENN MAN EINMAL EIN HAUSTIER AUFGENOMMEN HAT, MUSS MAN SICH AUCH DARUM KÜMMERN!!
MADAME
UM DIE ECKE GEBRACHT?
WAS?! IN DIE TOKIO-BUCHT?!
JETZT HAB ICH GAR KEINE ELTERN MEHR!
ICH ERWARTE JA NICHT MAL EIN WORT DES DANKES, ABER DUMME SPRÜCHE MÖCHTE ICH MIR NUN AUCH NICHT VON DIR ANHÖREN!
FAUCH
UND JETZT ZEIG DICH MAL EIN BISSCHEN ERKENNTLICH!
LASS BADEWASSER EIN...
... UND MACH EINEN TERMIN BEIM NA-GELSTY-LISTEN!
PFFF
DIESES WEIB...
IRGENDWANN BRINGE ICH SIE UM!
...
SCHWANK
WIE LANGE IST DAS JETZT HER?

VON WEGEN... PLÖTZLICH INS AUSLAND!
SCHWUPP
UND DASS DIE GANZE VORBEREITUNG AN MIR HÄNGEN BLEIBT, IST AUCH WIEDER TYPISCH!
GRRR
SAG MAL... FÜR WIE BLÖD HÄLTST DU MICH?
GRRR
SCHNAPP
IST DIR ETWA ZU ALL DEM STRESS, DEN DU MIT DEINEN HEIKLEN GESCHÄFTEN HAST, JETZT AUCH NOCH JEMAND AUF DIE SPUR GEKOMMEN?!
OB NUN POLIZEI, YAKUZA ODER EIN SCHNÖSEL AUS DER POLITIK...
GRRR
... VON SOLCHEN TYPEN LASSE ICH MICH DOCH NICHT DEMASKIEREN!
UND LASS DIR EINS GESAGT SEIN: DIE HEIKELSTE GESCHICHTE, DIE ICH AM LAUFEN HABE...
... IST, DASS ICH DICH HIER WOHNEN LASSE!

FUNKEL
BLUT VON JUNGEN FRAUEN IST EINFACH KÖSTLICH!
VERZÜCKT
MAN HAT DAS GEFÜHL, DIE KURZE ZEIT DER SCHÖNHEIT AUSBEUTEN ZU KÖNNEN...
MUTMACHER
DOCH NUMMER EINS IST NATÜRLICH DAS BLUT VON JUNGEN MÄNNERN!
GESCHMACK, WIRKUNG AUFS GEMÜT, GEFÜHLSGEHALT... DAS SIND DIE DREI GROSSEN VORZÜGE!
DAS DA KOMMT ABER VON DER BLUTBANK!
MACH MAL HALBLANG MIT DEINEN GOURMETVORTRÄGEN!
UNTEN IM HOTEL WARTET MAN AUF UNS!
ALSO WIRKLICH!
WAS DENKST DU DIR EIGENTLICH?!
FLAPP
WENN'S AUS DER BLUTBANK KOMMT, WEISS MAN WENIGSTENS, DASS DERJENIGE NICHT KRANK IST!

RHESUS POSITIV

Rh+
RHESUS POSITIV
EIN ABSTECHER AM FREITAG

GIB MIR MEI-NEN...
...MUT-MA-CHER!
...

NACH DEM BRAND DES GEC-CHOKAN...
... FLÜSTERTE MIR DIE MADAME INS OHR, WO PAPA SICH AUFHIELT.
UND VIELE JAHRE SPÄTER...
HEY!
WIE LANGE WILLST DU NOCH SCHLAFEN?!
HAST DU NICHT GESAGT, DU HÄTTEST HEUTE MITTAG WAS VOR?
UH...

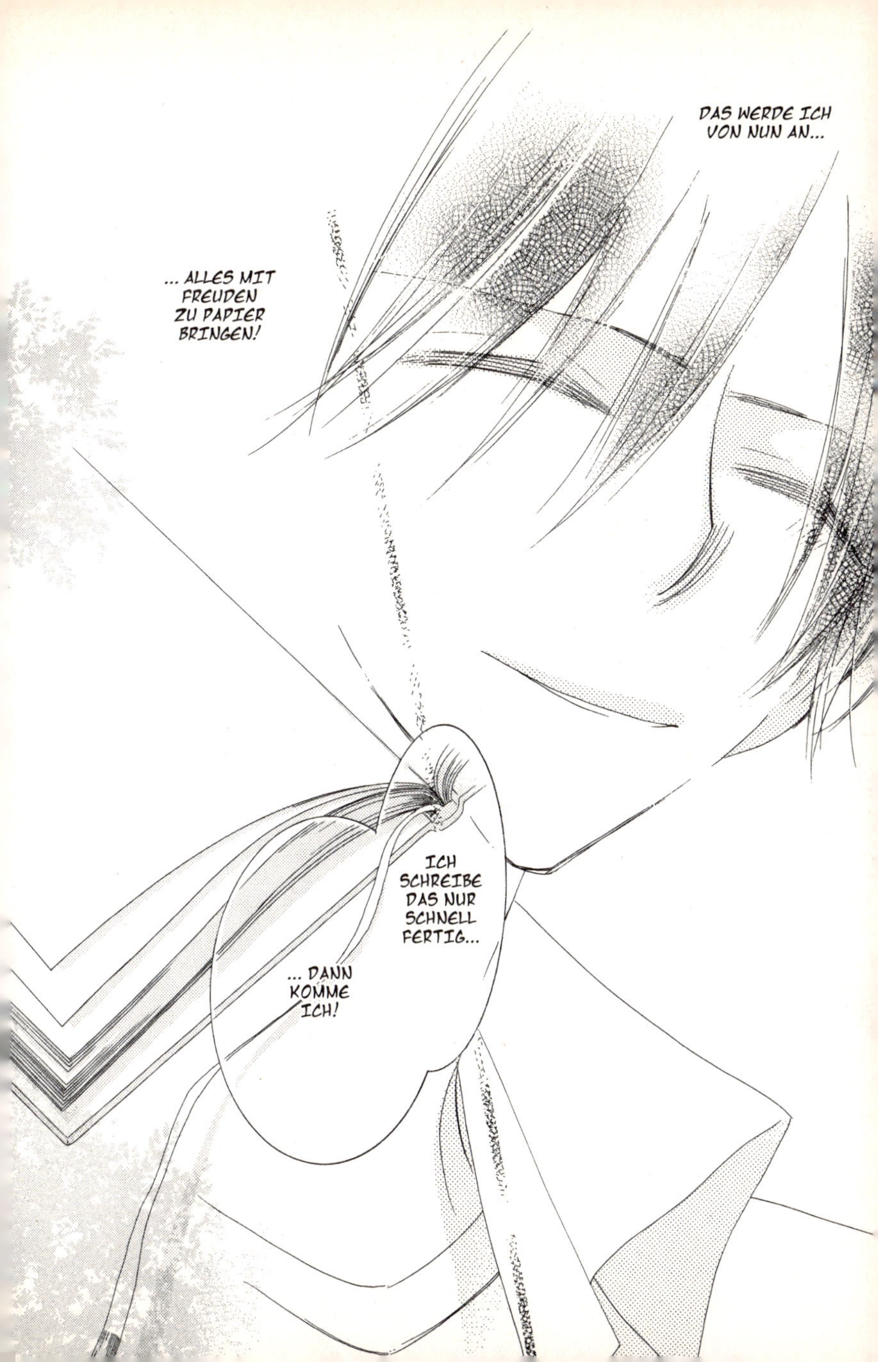
DAS WERDE ICH VON NUN AN...
... ALLES MIT FREUDEN ZU PAPIER BRINGEN!
ICH SCHREIBE DAS NUR SCHNELL FERTIG...
... DANN KOMME ICH!

... PAPA ODER DEN ANDEREN...
... IN DIE HÄNDE FALLEN, DANN KÖNNEN SIE ES LESEN.
WIE ES MIR DANN WOHL ERGANGEN SEIN WIRD?
MORGEN...
... IN ZEHN JAHREN...
... IN HUNDERT JAHREN...
MAKOTO-KUN?
AH...

MAKOTO-KUN?
AGEHA SAGT, ER WILL SCHON ZU KAFFEE UND KUCHEN ÜBERGEHEN...
KLACK
AH...
TUT MIR LEID.
BIST DU AM LERNEN?
NEIN...
DAS IST... ÄH...
DAS MACHT AGEHA NIE. ICH MACHE MIR SCHON SORGEN...
... ABER...
... EHER SO WAS...
... WIE EIN TAGEBUCH...
IM MOMENT DENKE ICH, DASS ICH VATER NOCH NICHT SOFORT TREFFEN KANN...
... VIELLEICHT WIRD DIESES BUCH, DAS WIE EINE ART BRIEF IST, ZUFÄLLIG...

OB ER IHN ANERKENNT ODER NICHT...
... IST DAS EIN DRÄNGENDES PROBLEM FÜR UNS?
ICH DENKE, DU WIRST LANGE LEBEN...
ABER MAN WEISS HEUTE NICHT, WIE MAN SICH MORGEN FÜHLT.
DAS SAGE ZUMIN-DEST ICH ALS LAU-NISCHER MENSCH.
DIE MADAME UND KIYOI-SAN SAGEN, DASS ICH MEHR ALS GENUG ZEIT HABE...
... UND ICH DENKE, SIE HABEN RECHT.
TOK TOK

UND DANN HAT ER MICH GLEICH GEBETEN, EINE VERBINDUNG HERZUSTELLEN.
ÄH...
GNN
ABER ICH...
DU HAST NOCH NICHT DAS GEFÜHL, DASS DU IHN TREF-FEN WILLST, STIMMT'S?
SELBST EINER WIE ER SORGT SICH EBEN UM DEN EIGENEN SOHN!
...
GUT, DANN RICHTE ICH IHM AUS, DASS ES DIR GUT GEHT.
TUT MIR LEID.
KICHER
DU MUSST DICH NICHT ENTSCHUL-DIGEN.
ER IST SELBST DARAN SCHULD, DASS DU IHN NICHT TREFFEN WILLST.

DER FRISCHE HOLZGERUCH DES NEUBAUS BRACHTE AUCH KIYOI-SAN IN FEIERLICHE STIMMUNG...
SOLLEN WIR NICHT EINE GARTENPARTY VERANSTAL-TEN?
WIR LADEN ALLE EIN, DIE MICH IM KRANKENHAUS BESUCHT HABEN...
YEAH!
FLEISCH!
FLEISCH!
KIYOI IST RICHTIG GESELLIG!
EINE GARTEN-PARTY?
ODER EIN GRILL-FEST FÜR AGEHA?
WER HAT MICH ALLES BESUCHT?
DAS WIRD SICHER EIN TURBULENTER ABEND...
JA...
IST MEIN VATER...
... BEI IHNEN, MADAME?!
ETWA SEINE GELIEB-TE?!
NEIN! EHER HÄLT SIE IHN AUS!?
GRRR
ICH KANN MIR VORSTEL-LEN, WAS DU DENKST...
ABER ICH LASSE ES IM DUN-KELN!
DIE DAME, DIE IHM GELD GELIEHEN HAT...!
IHM, DEM MANN OHNE FESTEN WOHNSITZ...!
SIE STRAHLT KEINE VITALITÄT AUS...
DIE WELT IST EBEN KLEIN!
DASS KIYOIS HAUS ABGE-BRANNT IST, HAT SICH SOFORT HERUMGE-SPROCHEN.

MICHITAKA-SAN SCHIEN EIN WENIG UNZUFRIEDEN ZU SEIN...
DIESMAL MIT ORDENTLICHEN FEUERSCHUTZMASSNAHMEN!
BITTE HELME AUFSETZEN...!
UNNÖTIG!
DER HERR HIER IST SO UNVERWÜSTLICH WIE EIN AUSSERIRDISCHER!
... ABER AM ENDE WURDE DAS HAUS SO AUFGEBAUT, WIE DER JETZIGE HAUSHERR, KIYOI, ES WOLLTE...
... NÄMLICH GENAU SO, WIE ES VORHER GEWESEN WAR.
DOCH WIE KÖNNTE ES AUCH ANDERS SEIN?
MIT DEM GECCHOKAN AN GENAU DIESEM ORT...
... SIND KIYOI-SAN, AGEHA, MASAKAZU...
... UND DIE ANDEREN EBEN NUN MAL AUFS INNIGSTE VERTRAUT!
RAUCHEN AUF DEM ZIMMER IST JETZT VERBOTEN...
UND AUCH ICH...
... BIN FROH, WIEDER ZURÜCKZUKOMMEN...
... UND DA EIN IMMER ZU EZIEHEN.

AM VERNÜNFTIGSTEN IST ES IMMER...
... ZUERST DIE SEINEN ZU INFORMIEREN...
EIN PAAR MONATE NACH DEM BRAND...
... WURDE BESCHLOSSEN, DAS GECCHOKAN...
... AM SELBEN ORT WIEDER AUFZUBAUEN, UND SOFORT BEGANNEN DIE BAUARBEITEN.

DABEI WOLLTE ICH NUR ERZÄHLEN, DASS JETZT JEMAND KOMMT...
... FÜR DEN GEDÄCHT-NISMANIPU-LATION EIN LEICHTES IST!!
UND DANN WIRD SO EIN DRAMA DARAUS.
LASS UNS DA DRÜ-BEN...
... EINEN TEE MA-CHEN!
DU MUSST JETZT MAL WEG VON KIYOI!
ICH WILL NICHT!
ICH WILL IRGENDWIE DIESE AT-MOSPHÄRE STÖREN!
MEINE GÜTE!
KLAPP
DAS IST JA NICHT ZUM AUS-HALTEN!
JEDENFALLS...

...
MICHI-TAKA-SAN...
DU BIST WIRKLICH EIN IDIOT.
UH...
!
ICH FREUE MICH NICHT ÜBER DIE BLUMEN SELBST...
... SONDERN DARÜBER, DASS DU EXTRA FÜR MICH...
... DIESE ROSEN AUSGESUCHT UND GEPFLÜCKT HAST.
DAS IST ALLES, WAS ICH SAGE!
...

PUH, IST DAS SCHWER!
ICH HAB DIE BLUMEN VON MICHITAKA-SAN ARRANGIERT!
EH...?
...
VIELEN...
... DANK!
DIE SIND ALLE...
... GANZ WEISS...
DIESE ROSEN...
... HAT DOUZAN GEZÜCHTET, WEIL ER SIE SO MOCHTE, NICHT?
HM...
NUN JA...
GRUMMEL
JETZT BEREUE ICH SEHR, DASS ICH SIE MITGE-BRACHT HABE...

AH...
AH...
MISTER ...
DAS IST EIN MISS-VERSTÄNDNIS!!
HA...?!
ICH WAR ES, DER ZURÜCKGING, UM DAS FOTO ZU HOLEN!
KIYOIS VERBRENNUNGEN KAMEN NICHT DAHER!
EH...?
...
...
HA...
IHRETWEGEN HAB ICH MICH JETZT UMSONST AUFGEREGT!
IST-MIR DAS PEINLICH... IN MEINEM ALTER!
ABER ICH WEISS JETZT, DASS DU DIR SORGEN GEMACHT HAST!
STIMMT!
GRRR
TOK TOK

WÄHREND MENSCHEN SICH VERZWEIFELTE SORGEN...
... UM SIE MACHTEN...?!
SEIEN SIE FROH...
... ÜBER DIE MENSCHEN, DIE SIE HIER BESUCHEN!
SIE MACHEN SICH WOHL ÜBER UNS LUSTIG!
AH, ER STAUCHT KIYOI ZU-SAMMEN!
MICHI-TAKA-SAN...
BAFF
AH...

SIE SIND DOCH NICHT ETWA...
... BESONDERS LANGE IN DEN FLAMMEN GEBLIEBEN, UM DAS FOTO ZU RETTEN, ODER?!
NUN, DAS...
...
KNIRSCH
DAS DARF DOCH WOHL NICHT WAHR SEIN!
SIE BRINGEN SICH IN LEBENSGEFAHR, BLOSS WEIL SIE AN SO EINEM FOTO HÄNGEN?!
ZUCK
CRASH
ICH FASSE ES EINFACH NICHT!

ALSO...
UND WAS IST...
... MIT SHINDO?
DAS VERHÖR STEHT NOCH AUS.
VORHER SOLLTE KIYOI-SAN SEIN GEDÄCHTNIS MANIPULIEREN.
DAS GEHT JETZT NOCH NICHT.
IN DIESEM SCHLECHTEN ZUSTAND KANN ICH MEINE KRAFT NICHT GEZIELT EINSETZEN.
ICH WILL IHM JA NICHT GLEICH DAS GANZE GEHIRN RESETTEN!
...
DABEI IST ER NORMALERWEISE ROBUSTER, ALS SEINE FÄHIGKEITEN AHNEN LASSEN...
ICH HAB'S VORHIN VON MAKOTO-KUN GEHÖRT...
DAUERT IHRE GENESUNG NICHT UNGEWÖHNLICH LANGE?
EH...?
WIE LANGE MUSS MAN DAFÜR IM FEUER GEWESEN SEIN?

DA KOMMT ...
... DER KUCHEN!!
NIMM DICH MAL ZUSAMMEN, AGEHA!
...
DER ARME!
BIST DU TROTZ DES STRESSES EIGENS GEKOMMEN, UM MICH ZU BESUCHEN?
ÄH...
IHNEN GEHT'S JA SCHON WIEDER BESSER, ALS ICH DACHTE. DAS BERUHIGT MICH.
UM MICH MÜSSEN SIE SICH KEINE SORGEN MACHEN.
ICH BIN AUCH HIER, UM BERICHT ZU ERSTATTEN.
SCHAF IM WOLFSPELZ?
...
ICH HAB MIR AUCH GAR KEINE SORGEN GEMACHT!
ICH WAR...
... EBEN DA, WO DAS GECCHOKAN STAND...
DAS GRUNDSTÜCK IST KOMPLETT PLANIERT.
VOM HAUS IST NICHTS MEHR ÜBRIG.

BEI HOCHKONJUNKTUR SIND DIE GRUNDSTÜCKSPREISE JA WAHNSINNIG HOCH.
GERADE ALS DOUZAN STARB UND KIYOI IN TRAUER WAR...
... HABE ICH IHN GEDRÄNGT, DIE GUNST DER STUNDE ZU NUTZEN UND ES ZU KAUFEN.
GESCHÄFTSTÜCHTIGES TEUFELSWEIB...
HI! HI!
BEI DEM PREIS HAT ES SICH WIRKLICH GELOHNT!
...?!
?! !! ☆ ?!
ÄHM...
SIE SOLL EINE ALTE FREUNDIN VON KIYOI-SAN SEIN...
SIE KANNTEN SIE WOHL AUCH NOCH NICHT, MISTER?
„ALTE"...
WIEDER SO EINE?
UNSERE FAMILIE STEHT WIRKLICH UNTER EINEM FLUCH...
ICH FINDE EBEN NORMALE KRANKENHÄUSER UNGEEIGNET, UM SICH RICHTIG ZU ERHOLEN.
ICH HABE IHN ALSO DISKRET HIERHER VERLEGT.
KLACK
IHR KÖNNT MIR DANKBAR SEIN!

AH...
GUTEN TAG!
ICH BRINGE SIE ZUM ZIMMER.
HAT IHM DIESES HAUS...
... JEMAND ZUR VERFÜGUNG GESTELLT?
KIYOI-SANS VERBRENNUNGEN SIND VERHEILT...
UAH! IST DAS VIEL KUCHEN!
NICHT OHNE MITBRINGSEL!
AHA.
VIELEN DANK!
ABER BIS ER WIEDER GANZ AUF DEM DAMM IST, MÖCHTE ER SICH NOCH SCHONEN.
ICH HABE GEHÖRT, ES GEHÖRE IHM SELBST...
... UND ER LEBTE HIER, BIS ER INS GECCHOKAN ZOG.
ICH HAB ES IHM AUFGESCHWATZT!

KRACH
AGEHA...!
DOMM
UIII

ES WÄRE DOCH SCHRECKLICH, WENN DIR ETWAS PASSIEREN WÜRDE, OBWOHL WIR IN SICHERHEIT SIND!
A...
AGEHA...
...!
KASHANGG
WAH...
DAS HAUS STÜRZT EIN!
MAKO-TO!
GEH SCHON MAL MIT KIYOI!!
WAS?!
ICH HOLE NOCH WAS AUS DEM HAUS RAUS!
HE...

KIYOI! WO BIST DU?!
...?!
AGEHA...
MAKOTO-KUN...?!
GOTT SEI DANK, IHR WART NICHT IM HAUS!
VIELLEICHT IST ER...
... IM HAUS, UM UNS ZU SUCHEN!?
...
KIYOI, DU DUMMKOPF...!

MASAKAZ SAN! HA IHN GU FEST!
!
HE, MOMENT...
DAS IST DER HELLE WAHNSINN!
A...
HUST
ゴホ
DIESER RAUCH! ICH GLAUBE, DAS GANZE HAUS BRENNT AB!
WAS JETZT?
KIYOI IST NIRGENDS ZU SEHEN!
GANZ RUHIG!
NICHT DEN RAUCH EINATMEN!
AGEHA!
VIELLEICHT IST ER OBEN! SCHNELL!
DIE TREPPE BRENNT SCHON! WENN ER OBEN IST, MÜSST IHR DURCHS FENSTER RAUS!
UH...
KIYOI!!
KIYOI-SAN...?!

SCHEI-SSE!
DU HAST ES ALSO GETAN... DU HAST ES ALSO GETAN...
URGH!
ICH HÄTTE DICH UMBRINGEN SOLLEN!
FLENN NICHT, KERL!
MASA-KAZU-SAN! DU BRICHST IHM JA DAS GE-NICK!
SCHAU DOCH MAL, WAS DER KERL...
... ANGE-STELLT HAT!
ICH WAR ZU NAIV.
ICH HÄTTE DICH VERFOLGEN SOLLEN UND...
...!!
AGEHA IST REINGE-GANGEN...
... OBWOHL ER SO EINE ANGST VOR DEM FEUER HAT?!

IST KIYOI...
... IM HAUS?
A...
AGE-HA!!
DAPP
SHINDO...
WAS MACHST DU DENN FÜR EINEN MIST?!
SBOSH
!! WAH!

...!!
AUSSERDEM HAB ICH ANGST, DASS KIYOI-SAN IM HAUS IST!
AGEHA...
TAUMEL
...!
LAUF ...! SCHNELL ...!
SWUSH
EH?
MAKO ...
WIR MÜSSEN SCHAUEN, OB DAS GECCHOKAN NICHT IN FLAMMEN STEHT!!
HA!
DAS HAUS IST FÜR UNS ALLE WICHTIG!
HA!
WIR DÜRFEN DAS GECCHOKAN NICHT VERLIEREN!
AH...
MASA-KAZU-SAN!
ICH HATTE SCHON EIN UNGUTES GEFÜHL... SIEH DIR DAS AN!

DIESER GERUCH...
DA BRENNT'S WIEDER IRGENDWO!
...!
ICH HOFFE JA NICHT, DASS... BESSER, ICH GEHE SCHNELL NACH HAUSE!
HEY...
AGEHA...!

WO DOCH JENER ARME JUNGE SCHON MAL BEKANNT-SCHAFT MIT DEM FEUERTOD GEMACHT HAT!
GWOOO
MAKOTO-KUN...?!
PAMM
WENN NICHT IM ERDGE-SCHOSS, DANN OBEN...?!
AGEHA! ANTWORTE!
BIST DU DA?!
OH NEIN!
KONNTEN SIE NICHT FLIEHEN...
... WEIL SIE STARR VOR ANGST WAREN?
AGEHA...
KRACH

WER BIST DU?
WAH...!
DAS IST WOHL ...
... EINER VON DE- NEN...!
DA DRIN SIND MEN- SCHEN!
KIN- DER...!
„MEN- SCHEN", WAS?!
HMPF!
LÜG MICH NICHT AN, MONSTER!
DA SIND KINDER...
... IM HAUS!
PUHA...
KINDER IN SCHULUNI- FORMEN!
WIE KANN MAN SO WAS TUN?!
PATAMM
...

UNSER HAUS ...!
DAS HAUS, DAS DOUZAN MIR HINTERLASSEN HAT...!
KRRR
PI
KRRR
PU
KIYOI-SAN?
MICHI-TAKA-SAN?! BITTE KOMM SOFORT ZU UNS!
DIE-SER JUNGE HAT GE-ZÜN-DELT...
WAS ...?!
ES IST BEI UNSEREM HAUS! BEI DEM WIND BREITET SICH DAS FEUER RASEND SCHNELL AUS!
WO SIND DIE JUNGS?!
RÜTTEL
KIYOI-SAN?!
DOCH NICHT ETWA SCHON IM HAUS?!
!!
RUCK

SO LANGSAM MÜSSTEN AGEHA UND MAKOTO ZURÜCKKOMMEN.
HYUUUU
ICH HAB DAS GEFÜHL, AUCH MASAKAZU KOMMT HEUTE ZURÜCK.
DAS MIT DEM ABENDESSEN WIRD WOHL SPÄTER. ICH SOLLTE ETWAS VORBEREITEN.
UND DAS BEI DEM WIND!
HIER RIECHT'S NACH ÖL...
UND DER RAUCH DA?
DER KOMMT AUS RICHTUNG GECCHO-KAN!
HYUUU
OH NEIN!
...!

DIE GANZEN IDIOTEN...
DOMM
...
BWO
... SOLLEN AUS DIESER WELT VERSCHWINDEN!
ZITTER
ZITTER
UND SO BEGANN DIE POMPÖSE DARBIETUNG.
WAS? SCHON SO SPÄT?

HA!
PLATSCH
HA!
HA!
HA!
PLÄTSCHER
HA!
TAP
WISCH
HA!
IHR WERDET MICH KENNENLERNEN!
HA!
TSCHIK
ICH LASSE MICH NICHT ZUM IDIOTEN MACHEN!
HA!
TSCHIK

Rh+
RHESUS POSITIV

EPISODE 19
Rh+
RHESUS POSITIV

Rh+
RHESUS POSITIV

GNN
DAS WERDET IHR BEREUEN, DASS IHR MICH GETÄUSCHT HABT!
IHR WERDET MICH NICHT MEHR IGNORIEREN KÖNNEN!
JETZT KANN ICH ENDLICH...
... BEWEISEN, DASS ICH RECHT HATTE!!

HYUUU
GWOOO
DER WIND IST HEUTE ABER STARK...
HYUUU
KLAPP
...
...
ICH GLAUBE, DAS HAUS DA WAR ES!
ENDLICH!
ENDLICH HAB ICH'S GEFUNDEN!
GRUMMEL
GRUMMEL

DU HAST DICH DOCH MIT KIYOI-SAN AUSGESÖHNT!?
DANN KANNST DU DOCH AUCH ZURÜCK INS GECCHOKAN!
SPINNST DU?
UM DIE UHRZEIT UND STURZBETRUNKEN?
DER BRINGT MICH UM! ECHT!
KLAPPER
KLAPPER
KLAPPER
OBWOHL... EINMAL STERBEN KANN NICHT SCHADEN...
...
KLAPPER
ICH BIN SO MERKWÜRDIG UNRUHIG.
ICH WILL DA NICHT HIN!
ICH WILL NICHT ZUR SCHULE!
OHNE BEWACHUNG KOMMT DER TYP VIELLEICHT WIEDER!
KEINE SORGE! DIE POLIZEI IST HINTER IHM HER!
WAAAAH!
AUF DIE IST KEIN VERLASS!
TSCHÜSS!

PDAMM
URGH...
...
NANU...?
NIX DA... „NANU ...?"
KOMMST BESOFFEN NACH HAUSE UND PENNST MIT KLAMOTTEN AUF DEM SOFA!
SO WAS SCHLAMPIGES!
JA, ICH WAR MIT TAKARADA IN DER KNEIPE...
... UND DANACH WEISS ICH NICHTS MEHR...

ALLES, WAS EINEM AM HERZEN LIEGT...
... GEHT VERLOREN...
... BAUE ICH MIR IN MEINEM INNERN EINE EIGENE WELT AUF.
UND IM LICHT DES FEUERS...
OHNE DASS IRGENDJEMAND ETWAS DAVON MERKT...
... ENTSTEHT ENDLICH EIN SCHATTEN MEINER SELBST, DER ICH DIE GANZE ZEIT IM DUNKLEN WAR.
DAMIT KANN AUCH ICH ENDLICH...
UH...
... MEINE EXISTENZ BEWEISEN!!

ER SCHEINT SICH VERANTWORTLICH ZU FÜHLEN UND IST JETZT ZIEMLICH NIEDERGESCHLAGEN...
HM?
ALSO, SO WAS!
...
ICH...
... HASSE FEUER.
AGEHA ...
AH...
AGEHA IST NÄMLICH ALS KIND MAL IN EIN FEUER HINEINGERATEN.
NA JA...
BEI EINEM FEUER VERBRENNT SCHLIESSLICH ALLES!

...?
NEIN...
SORRY, ABER WER IST DAS?
...
ICH WEISS AUCH NICHT...
LASS UNS NACHMITTAGS BLAUMACHEN UND WAS TRINKEN GEHEN!
ANSCHEI-NEND...
... HAT WIRKLICH...
IST DOCH EH ALLES SINNLOS.
... NIEMAND ETWAS BE-MERKT...
SAGT MAL...
IST MASAKAZU-SAN NOCH NICHT ZURÜCK?

SAG MAL...
HAST DU SHINDO GESEHEN?
SCHÜTTEL
SCHÜTTEL
ER IST IN EINEM ANDEREN JAHRGANG...
... UND AN EINER ANDEREN FAKULTÄT! KEINE CHANCE.
VERSTEHE.
UND DIE TYPEN DA DRÜBEN?
DIE HAB ICH SCHON OFT AUS DEM GLEICHEN HÖRSAAL KOMMEN SEHEN.
HE, IHR!
HABT IHR KURZ ZEIT?
IHR SEID DOCH IN DER GLEICHEN VORLESUNG WIE SHINDO!?
SEHT IHR DEN MANCHMAL?
HABT IHR KONTAKT ZU IHM?
...
SHINDO?

DAS CAFÉ..
... DIE BIBLIOTHEK...
... DER GANG VOR DEM RAUM DES ZIRKELS...
... DER GETRÄNKE-AUTOMAT IM GANG...
...
FAST WIE AUF SEINEN FUSSSPUREN ZU WAN-DELN...
AH...
TAKARA-DA!
OH!
TAMURA...

... WAR VON SHINDO...
... KEIN LEBENSZEI-CHEN MEHR ZU FINDEN.
RASCHEL
DABEI GAB'S DOCH SO VIELE BRÄNDE IN LETZTER ZEIT!
RAUN
RAUN
JA, NEU-LICH...
DA SOLL DIE SPRINKLER-ANLAGE SO-FORT ALARM AUSGELÖST HABEN.
DA SIND BEI MIR VORMIT-TAGS DIE VORLE-SUNGEN AUSGE-FALLEN.
DIESER TYP VON DER UNI SOLL VER-DÄCHTIG SEIN.
ICH HAB AUCH EINEN VON DER KRIPO GESEHEN.
...

...!!
SEIT JENER NACHT...

SHINDO...?!
OH...
BLEIB STEHEN!
Ulll Ulll

HA!
ICH LÜGE NICHT!
HA!
ICH MUSS ES DENEN...
... EINMAL RICHTIG BEWEI-SEN!
HA!
HA!
HA!
HA!

ES WAR EINE LÜGE!
SIE HABEN...
... MIR EINE FALLE GESTELLT!
TACKA
TACKA
DIESE MONSTER...
... TRETEN MEINE GEFÜHLE MIT FÜSSEN...
ICH WILL, DASS GERADE DIE VERSCHWINDEN!
ALLES MUSS WEG!
AUCH DIESES GEFÜHL DER LEERE!
HA!
ICH HALTE DAS...
... SONST NICHT MEHR AUS!

„DER IST EIN EIGENBRÖTLER UND STUBENHOCKER."
UH...
„DER LABERT DA IRGENDWAS VON MONSTERN..."
„DER KANN MICH MAL MIT SEINEN HIRNGESPINSTEN!"
UH...
NIEMAND...
UH...
... GLAUBT MIR...
NIEMAND HÖRT MIR ZU...
SIE BEHANDELN MICH WIE LUFT!
SIE VERGESSEN, DASS ICH DA BIN!
ABER...
SPLASH

HA!
HA!
EINE UNIVERSITÄT!! UND DAS KANN NUR EINE SEIN...
HA!
HA!
„DER IST DOCH..."
„... EH NUR EIN MAULHELD!"

ER BENUTZT ALSO NICHT SEINEN HEIMRECHNER?
DANN HAT ER EINEN LAPTOP DABEI?
ODER SITZT ER IN EINEM INTERNETCAFÉ?
TOLL, WAS ES HEUTZUTAGE ALLES GIBT!
GENERATIONSUNTERSCHIED?
MASAKAZU-SAN?!
...
WO KÖNNTE SHINDO HINGEGANGEN SEIN?
EIN ORT, WO RECHNER STEHEN...
... DEN ER EINIGERMASSEN KENNT...
... DER NICHT SEHR BELIEBT IST...
... DEN MAN IN BRAND STECKEN KANN...
WAPP
AH...
BINGO!

... KANN ER SICH...
... WOHL NIE WIEDER RICHTIG AN MENSCHEN GEWÖHNEN.
...
WENN DER GROSSVATER VON DEM, MIT DEM ER GERADE SPRICHT ...
... NOCH MIT KIYOI LEBEN WÜRDE, WÄRE ES DANN ANDERS?
WAS...?
SHINDO IST NICHT DA?
ER IST NICHT ZURÜCKGEKOMMEN?
DIE ERMITTLER HABEN SEINE FAMILIE AUFGEWECKT UND GEFRAGT.
SIE UND DIE JUNGS SOLLTEN JEDENFALLS AUF DER HUT SEIN.
...
SAG MAL...
FUNKTIONIERT DER CHAT AUF DIESER GRUSEL-WEBSITE?
SHINDO?
HM... VIELLEICHT SO... RGENDWIE...?

Aber ich denke ...
... von euch dreien bist du der Senti-mentalste, Masakazu.
!
Du kümmerst dich immer wortreich um alle.
Wie ist es bei dir gelaufen?
Also echt!
KLAPP
TÜDELÜ
Wenn's hart auf hart kommt, lässt du keinen fallen!
Hey!
So ein gutmü-tiges Schaf bin ich auch wieder nicht!
TÜDELÜ
Ah...
Michi-taka-san, was gibt's?
Weil sein verstorbener Geliebter...
... so anhänglich war...

WENN ES NUR DARUM GEHT, JEMANDEN UNSCHÄDLICH ZU MACHEN, MACHE ICH MIR KEINE SORGEN.
WIESO?
WENIGSTENS BEI MIR...
... BRAUCHST DU DEINE ÜBERTRIEBENE FÜRSORGE DOCH NICHT...!
MAN BEGINNT ...
... GEFÜHLE ZU ENTWICKELN, NICHT WAHR?
MAN KENNT DEN GEGNER UND ENTWICKELT VIELLEICHT SYMPATHIE...
ABER LETZTENDLICH MUSS MAN IHN DOCH VERFOLGEN.
ICH WEISS!
SCHON WIEDER!
DABEI HABEN SIE SICH DOCH EXTRA WIEDER VERTRAGEN!
DAS HABEN WIR VON ANFANG AN BEGRIFFEN!
DU MUSST UNS MEHR VERTRAUEN...
DAS TU ICH.

ICH HAB'S...
... VERMASSELT.
...
FHU
VORHIN KAM EIN ANRUF.
MICHITAKA-SANS LEUTE HABEN EUCH ANSCHEINEND...
... KNAPP VERPASST. SIE SIND JETZT AUF DEM WEG ZU SHINDOS HAUS.
EH...?
NOCH HEUTE NACHT WIRD ALLES ERLEDIGT.
...
WIE SOLL ICH SAGEN ...?
ICH DENKE IMMER, BEI ERMITTLUNGEN...
... IN DEN PRIVATBEREICH ANDERER LEUTE EINZUDRINGEN, DAS ÜBERLÄSST MAN BESSER MICHITAKA-SAN.

UND ICH.
ICH WOLLTE IHN BEWACHEN...
... ABER ER...
... WAR PLÖTZLICH VIEL ZU NAH.
UND SCHON RICHTETE SICH ALLES GEGEN UNS!
ICH MUSS MICH ENT-SCHUL-DIGEN.

NA JA, ER KONNTE NUR DEN ELEK-TROSCHOCKER ZÜCKEN, WEIL ICH NICHT AUF-GEPASST HAB.
AM ENDE KONNTEN WIR IHN NICHT VERFOLGEN.
MASAKAZU WOLLTE DEN FALL...
... MÖG-LICHST SCHNELL AB-SCHLIESSEN, DOCH...
...
PATT
!
DU MUSST DICH NICHT STÄNDIG FÜR ALLES ENT-SCHULDIGEN!
... WÜR-DE...
... KIYOI SAGEN!
PATT
PATT
GENAU!
DU BIST ÜBERHAUPT NICHT SCHULD!
RUFEN WIR KIYOI AN!
BLUSH
SHINDO IST SCHULD!

IHR DENKT DOCH GENAU WIE ICH!?
WIR SIND DOCH AUF DER GLEICHEN SEITE?
WIR SIND NICHT AUF DEINER SEITE!
KNIRSCH
...
ÄHM...
ENTSCHULDIGUNG...
?
WIESO ENTSCHULDIGST DU DICH, MAKOTO?

Rh+
RHESUS POSITIV
EPISODE 18

WENN MAN BEIM JAGEN ZU ZÖGERLICH IST...
... BRINGT MAN SICH LEICHT SELBST IN GEFAHR.
HA ...
HA ...
DAS IST VERRAT!
ICH HAB MICH VON NIEDRIGEN MONSTERN...
DEMÜTIGEN LASSEN...
ICH BIN VERRATEN WORDEN!
HA ...
ABER SOLANGE...
KLACK
... ICH DAS HIER HABE...
KLACK
... GIBT ES NICHTS, WOVOR ICH MICH FÜRCHTEN MUSS!

SOLLEN WIR DEN EINFACH LAUFEN LASSEN?!
NATÜRLICH NICHT...!
WIR SOLLTEN IHN VERFOLGEN UND UNSCHÄDLICH MACHEN!
WAS IST DENN? SO KENNE ICH...
... DICH JA GAR NICHT, MASAKAZU!
GNN
KIYOI HAT WIRKLICH RECHT.
WIR SOLLTEN IMMER GUT AUFPASSEN, MIT WEM WIR ES ZU TUN HABEN!
WENN MAN WEISS, WIE EINSAM EINER IST...
... ENTWICKELT MAN BEIM GERINGSTEN KONTAKT SYMPATHIEN.
MIST!
ICH HÄTTE AUF DEN RAT EINES ÄLTEREN HÖREN SOLLEN!

GWOOO
MIT DEN TYPEN...
IHRE AUGENFARBE?!
...STIMMT IRGENDWAS NICHT...
ALLE DREI...
DIE SIND ECHT RÄTSELHAFT...
DAPP
HE!
STOPP!

DA... DAS GIBT'S DOCH NICHT!?
WIESO LIEGT DER NICHT AM BODEN?!
DEN ERWACHSENEN MANN DA HAB ICH DAMIT IMMERHIN INS REICH DER TRÄUME BEFÖRDERT!
DA STIMMT DOCH WAS NICHT!?
WIESO...?
WIESO...?
AH...

UWAH...
MAKO-TO?!
ABER...
HA...
HA, HA...
... DIE TYPEN HIER SIND DOCH BÖSE!
HA...
SIE NÄHERN SICH UND...
WAS?
... TUN DABEI SO VER-TRAUT...
ER HAT EINEN ELEKTRO-SCHOCKER!
SINK
A- ALLES OKAY...
FÜR EINEN MOMENT HAT DER STROM MICH GELÄHMT...
STROM IST ECHT KRASS!
?!
BIN ICH ERSCHRO-CKEN!

ABER FÜR UNS...
... GIBT ES NOCH WICHTIGERES ALS DIE POLIZEI.
DAS GEDÄCHTNIS MANIPULIEREN KÖNNEN WIR LEIDER NICHT.
WIR HÄTTEN GERN, DASS DU UNS EIN BISSCHEN GESELLSCHAFT LEISTEST...
DEN MÜSSEN WIR AUF JEDEN FALL...
... MIT ZU KIYOI-SAN SCHLEPPEN!
WAH...
BUFF
BUFF
?!
BUFF

ICH, UM MIR MEIN TASCHENGELD ZU VERDIE-NEN!
ICH...
... UM ZU SPAREN.
FÜR DIE ZUKUNFT...
KOST UND LOGIS ZU BEKOMMEN VERPFLICH-TET!
ZUMINDEST IN UNSERER WELT IST KEIN PLATZ FÜR DICH.
WIR SIND NICHT AUF DEINER SEITE!
GNN
ICH HABE VORHIN 110 GEWÄHLT... DIE POLIZEI IST GLEICH DA.
...!

STIMMT, ODER?
WIR SIND DOCH AUF DER GLEICHEN SEITE?
IN MEINER WELT WIRST DU NICHT GEBRAUCHT.
?!
WIR WOLLEN DEN MEN-SCHENMÜLL DIESER WELT AUSROTTEN UND...
„DIESE WELT"?
WO GENAU IST DAS?
SORRY, ABER UM RETTER DER WELT ZU SPIELEN UND ABSCHAUM ZU-JAGEN, HABEN WIR KEINE ZEIT.
WIR HABEN NÄMLICH ZU ARBEITEN...

KRACK
WAS NUN? SOLL ICH IHN IN IRGENDEIN GEBÄUDE TRAGEN UND ES ANZÜNDEN?
KRACK
ODER...
... DIREKT HIER...
DAS WÄRE AUCH NICHT SCHLECHT: DER LETZTE MOMENT SEINES LEBENS IM STRAHLENDEN LICHT!
DAS SCHAUE ICH MIR AN!
KARRANG
ZUCK
TAP
!!
TAMURA-SAN...?!
AH...
VERSTEHE...
IHR DENKT DOCH GENAU WIE ICH!?

UNSER VERFOLGER HAT EINEN STRENGEN KEROSINGERUCH VERSTRÖMT.
WENN ER EIN FEUER LEGT, WIRD DAS MIT DER HEXENJAGD BUCHSTÄBLICH WAHR.
DESHALB MÜSSEN WIR VORHER HANDELN!!
WIR MÜSSEN IHN STOPPEN, BEVOR ER SEIN ZERSTÖRUNGSWERK VERRICHTEN KANN...!
HA!
HA!
HA!
HA!
HA, HA...
HA, HA, HA...

FEUERGOTT ANONYM 2
VERGLÜHE! ERBLÜHE! VERG
ERBLÜHE! VERGLÜHE! ERBL
MII 08/0/0
TÖTET MI
DAS SIEHT SCHON AUS...
FEUERG YM 2
STIRB! STI ! STIRB!
STIRB! STIR
MACHT IHN A DEN FEUE
REINIGUNG FEUERGOTT 2
IHR WISST DOCH GAR NICHT
ALLES POSITIVES GELEISTE
LAGERFEUER
MORGEN KÖNNT IHR DIE GE
GIB DEIN BESTES! ANONY
MORGEN FRÜH
... WIE DIE ANKÜNDIGUNG EINER STRAFTAT.
AH!
MASA-KAZU!
HI! GEHT'S BESSER?
BIST JA IMMER NOCH NICHT GEWACHSEN!
HUCH? WO IST HARUKA-SAN?
BÄH!
ZU HAUSE. ER HAT EIGENTLICH NICHTS DAMIT ZU TUN.
WENN MAN ALS VAMPIR ENTTARNT WIRD, KOMMT ES ZU EINER HEXENJAGD.
ALSO, BESSER NICHT IM PULK AGIEREN!
...!

DIE LUNTE IST MITTLERWEILE ZIEMLICH KURZ GEWORDEN...
ICH WILL IHN DINGFEST MACHEN...
... BEVOR HIER EIN UNGLÜCK PASSIERT.
MICHITAKA-SAN IST MIT ANDEREN ERMITTLUNGEN AUSGELASTET.
UWAH!
UH...
SO WAS SEHE ICH ZUM ERSTEN MAL!
GYAH!
DER TYP IST JA GRUSELIG! ÜBEL!
VON MICHITAKAS SITUATION ABGESEHEN...
ICH WILL, DASS HIER SCHNELL WIEDER NORMALER ALLTAG EINKEHRT!
DIESE BRÄNDE PASSIEREN NICHT ERST SEIT EIN ODER ZWEI MONATEN.
ER IST DER SOHN DES GRUNDBESITZERS, UND DIE ELTERN HABEN OFFENBAR IMMER ALLES VERTUSCHT.
IHR ZWEI! SCHAUT EUCH SO WAS NICHT AN!
HM? ABER DIE SIND DOCH SCHON IN DER HIGHSCHOOL!
WARUM VERSCHICKST DU DIESE ADRESSE, MASAKAZU?
SEI NICHT SO ÜBERVORSICHTIG!
ALSO ECHT!
IDIOTISCH!
MAN SOLLTE SEINEN FEIND DOCH BESSER GUT KENNEN, ODER?!
!
KIYOI-SAN...

MAN MUSS IHN VERBRENNEN...
SO DENKST DU DOCH AUCH!!
... UND AUSTILGEN!
ZNNN
TACKA
MIT DEN FLAMMEN DER WEISHEIT, DIE NUR UNS AUSERWÄHLTEN VERGÖNNT IST, ENTFACHEN WIR EIN HÖLLENFEUER FÜR DIE DUMMEN.
RDE MIT HEILIGEM FEUER GEND VON DEN STINKENDEN SCHLÄGERN REINIGEN!
WIEDER? ROKUROKU 2008/0/0
VAS DER TYP VERZAPFT... DEM AN NICHT TRAUEN! VIELLEICHT R DEN BRAND NEULICH NUR NUTZT!
BEWEISE SEHEN!
M 2008/0/0
LL SICH MAL BEI 'NEM BRAND RAFIEREN LASSEN!
OTT ANONYM 2008/0/0
STIRB! STIRB! STIRB! STIRB! STIRB! STIRB! STIRB!
SOTT ANONYM 2008/0/0
HE! ERBLÜHE! VERGLÜHE! E! VERGLÜHE! ERBLÜHE!
TACKA
TACKA
ODER?!
GUT MÖGLICH ...
...
... DASS ER IRGENDWANN EINEN VON EN SCHLÄGERN UMLEGT...

KLAPPER
KERL!!!
DAS IST FALSCH!
ALLES OKAY?
NEIN, NEIN ...
GRRR
DER WIRT SOLLTE DIE POLIZEI RUFEN!
GRRR
... ICH...
... HAB AUCH NICHT AUFGE-PASST...
DIESER...
... ABSCHAUM!
GEWÜRM!!
IHR SOLLT VERRECKEN
VERSCHWINDET...
... VON DIESER WELT!!
MÜLL WIE EURESGLEICHEN WIRD IN MEINER WELT NICHT GEBRAUCHT!

!
KYAH!
HE! HÖR AUF DAMIT!
DU HAST MEINE KLAMOTTEN ANGEFASST!
MACHEN SIE...
... HIER DRINNEN NICHT SO EINEN LÄRM!!
E-ENT-SCHUL-DIGUNG...
WARUM...
HEY!
WAS IST LOS?!
... MUSS ICH MICH...
ENT-SCHUL-DIGUNG!
... BEI SO EINEM ABSCHAUM ENTSCHULDIGEN?!

WAS SEID IHR DENN FÜR LEUTE? WIE IHR LACHT...! EKLIG...
VOLL DREIST!
...
HA, HA, HA..
GYAH, HA, HA...
ER KOMMT AN!
KOMM, HÖR BESSER AUF!
BUH, HA, HA!
EBEN...
...
ER HAT PRÜFUNGEN.
AH, HA, HA...
NÄCHSTES MAL...
WAS?
WAS?
HEREIN-SPAZIERT!
SIE SIND ZU ZWEIT? RAUCHER?
GYAH, HA, HA, HA!
WIR WOLLEN EINEN TISCH FÜR PÄRCHEN!
!
DOLTER
KYAH!
KERL...!
KLAPP

AUCH IN DER NÄHE VON IRGEND-WELCHEN SCHRÄGEN VÖGELN...
... BLEIBST DU GANZ GE-LASSEN, GANZ DU SELBST.
DAS FLÖSST MIR ECHT RESPEKT EIN!
ALS ICH DICH ZUM ERSTEN MAL TRAF, WAR ICH ECHT BAFF, DASS ES SO JEMANDEN WIE DICH ÜBERHAUPT GIBT!
...!
DU SCHÄTZT MICH JA MEHR, ALS ICH DACHTE!
ÜBRIGENS, DAS MAG ICH AN DIR, DASS DU, EGAL, OB BEI KRITIK ODER LOB...
... IMMER GERADEHERAUS SAGST, WAS DU DENKST.
DAS IST SICHER AUCH, WEIL DU AUSLANDS-JAPANER BIST...
... ABER DAS IST DIE TUGEND VON EINEM, DER MIT DER RICHTIGEN ART VON LIEBE AUF-GEWACHSEN IST!
HM...
TAKARADA-KUN ÜBERRASCHT MICH.
GRINS

ABER EHRLICH GESAGT, ICH DACHTE NICHT...
... DASS IHR EUCH SYMPATHISCH SEIN WÜRDET, TAMURA...
IST SO MEIN EINDRUCK.
DENKE ICH MIR.
NA JA, ES GIBT EBEN...
... SO WAS WIE EINEN „VERSTECKTEN WAHREN CHARAKTER", DEN MAN NICHT ERKENNT, WENN MAN SICH MIT JEMANDEM NICHT BEFASST.
SO WIE DEINER ZUM BEISPIEL!
!
DU BIST DOCH EINER, DER MENSCHEN ZIEMLICH INTUITIV DURCHSCHAUT.
DU BIST IN DIESEM KRIMINALPSYCHOLOGIE-ZIRKEL... WENN ICH SO WAS ERFORSCHEN WÜRDE, WÜRDE ICH JEDES VERTRAUEN IN DIE MENSCHEN VERLIEREN.

WAS HAT ES MIT DIESEM STIMMUNGSWANDEL AUF SICH?
IHR SEID SO GESELLIG IN LETZTER ZEIT...
... TAMURA UND KONOE-KUN!
GAR NICHTS.
WIR HABEN EBEN FREIZEIT. IST DOCH OKAY?
ICH BIN AUFPASSER.
GE... GENAU! DIE KLAUSUREN SIND RUM, DA KANN MAN SICH DOCH MAL EIN BISSCHEN GEHEN LASSEN.
KLAR. ICH MEINE JA NUR...
ÄHM... ICH GEHE MAL GETRÄNKE BESTELLEN.
DU NIMMST SCHWARZEN TEE, TAKARADA?
ICH KAFFEE.
WIESO SPIELT DER DEN KELLNER, ALS OB'S DAS NORMALSTE VON DER WELT WÄRE?
ALSO, ICH WEISS AUCH NICHT...

BES-
SER, ICH
ERGREIFE
MASSNAH-
MEN...
... BEVOR
SICH DIE
SACHE ZUM
SCHLAMASSEL
AUSWÄCHST...
ERST
MAL MI-
CHITAKA
DAMPF
MACHEN...
...

GEH BESSER DURCH DIE GARAGE!
NICK
...
ES IST NICHT BÖS-ARTIGKEIT, WAS IN DER LUFT LIEGT, SONDERN ETWAS AN-DERES...
ABER IR-GENDEINE KAUZIGE HARTNÄ-CKIGKEIT SPÜRE ICH NACH WIE VOR.
SO EINEM KOMMT MAN BESSER NICHT ZU NAHE.
...

ES TUT MIR LEID, DASS DU IN DIESE DUMME SACHE MIT HINEIN-GEZOGEN WURDEST.
DOCH MASAKAZU WIRD DIR NOCH EIN WEILCHEN AUF DIE NERVEN GEHEN.
ABER NEIN!
DAS MACHT NICHTS. ICH STEHE IN DEINER SCHULD.
ALSO DANN, ICH VERABSCHIEDE MICH.
BLEIB NÄCHSTES MAL EIN BISSCHEN LÄNGER!
...
HIER! DIE BLUT-KONSERVEN SIND EIN GESCHENK...
DAMIT KÖNNT IHR ERST MAL EUREN SCHLIMM-STEN DURST LÖSCHEN.
DU NERVST! WILLST DU NICHT LANGSAM NACH HAU-SE GEHEN?!
DIE JAGD MIT MASA-KAZU WAR JA NICHT SEHR ER-FOLG-REICH!
SHINDO STEHT DA DRAUSSEN AUF DER STRASSE RUM.

NICHT WIRKLICH.
SMILE
WAR JA EINE BESTRAFUNG AUS LIEBE.
NEIN...
ES WAR EINFACH MEIN JÄHZORN.
ICH HAB MEINE WUT AN DIR AUS-GELASSEN.
OH?!
WENN ICH DIESE EHRLICHE SELBSTKRITIK HÖRE, DENKE ICH FAST, VON DIR PRÜGEL ZU BEZIEHEN HABE SICH GELOHNT!
WENN ICH DAS EIN PAAR MAL MA-CHE...
... HABEN SIE SICHER BALD INSGESAMT GENUG VON MIR.
DIESE SEITE VON DIR KANNST DU AUCH MAL AGEHA UND DEN ANDEREN ZEIGEN!
SIE HABEN SICHER EH GENUG VON DEINER DEMONSTRA-TIVEN GELAS-SENHEIT!
NA, ICH WEISS NICHT...
ICH GLAUBE, FÜR SIE WIRST DU IMMER EIN LECKERBISSEN SEIN.
„LECKER-BIS-SEN"...

MASAKAZU...
PUH!
!
ZUPP
SCHLING NICHT SO GIERIG!
WENN DU SO DENKST...
... DANN SOLLTEST DU AUCH ZU SCHÄTZEN WISSEN, DASS MAN SICH UM DICH SORGEN MACHT!
TUT MIR LEID, DASS ICH...
... DICH NEULICH GESCHLAGEN HABE.
ICH HAB MICH NICHT GERADE ZURÜCKGEHALTEN... HAT SICHER ZIEMLICH WEHGETAN!?

HRAPP
WENN MAKOTO IN DIE SCHUSSLINIE GERÄT, DROHT DAS GANZE GECCHOKAN AUFZUFLIEGEN!
UND AGEHA IST NOCH NICHT EINSATZFÄHIG.
HRAPP
IN DER ZWISCHENZEIT KANNST DU MIT DEM MISTER EINE STRATEGIE ENTWICKELN, KIYOI.
WIR SIND JETZT GERADE IN ZWEI LAGER GETEILT, UND DA IST ES DOCH BESSER, DIE AUFMERKSAMKEIT AUF MICH ZU LENKEN!
!
ICH HAB NÄMLICH KEINE LUST, MIR MEIN LEBEN VON EINEM DAHERGELAUFENEN FREMDEN DURCHEINANDERBRINGEN ZU LASSEN!
UND OB ICH VON ZU HAUSE ABHAUE ODER WIEDERKOMME, IST MEINE ENTSCHEIDUNG.
DU SIEHST, ICH MACHE...
... MIR SEHR WOHL GEDANKEN UM EUCH ALLE!

WAS DENKST DU DIR EIGENTLICH DABEI?!
...
KIYOI-SAN IST SAUER!
WENN ICH DAS GETAN HÄTTE, HÄTTE ER GESAGT: „WARTE AUF ANWEISUNGEN!“
UND JETZT SEHT IHR, DASS ICH RECHT HATTE!
DER VERDAMMTE MAKOTO HAT GEPETZT?!
DESHALB HAB ICH DOCH GESAGT, REDE ERST MIT KIYOI-SAN!
N-NA JA...
ICH HATTE ANGST VOR KIYOI-SAN!! KIYOI-SAN!!
ICH STAND UNTER DRUCK!!
NUR EIN HALBER TAG IST VERGANGEN!
SKREEE
JA, SCHON, ABER...
ALSO WIRKLICH! DU BIST WOHL EIN ÜBERZEUGUNGSTÄTER!?

!
HI!
WIR KENNEN UNS DOCH VON NEU-LICH.
ICH HAB DIR WAS GEZEIGT, WAS DIR SICHER NICHT GEFALLEN HAT...

... UND DIE WELT VON IHM REINIGEN.
DANN...
... WIRD HIER ALLES WIEDER SCHÖN!
GNN
UND DIE WELT WIRD WIEDER WIE NEU AUSSEHEN...
... WEIL WIR DEN ABSCHAUM, DER DIE LUFT VERPESTET, WEGGEPUTZT HABEN.
JA!
MEINE AKTION HAT WISSENDE AUF DEN PLAN GERUFEN!
ES SIND STARKE GLEICHGESINNTE, DIE SO DENKEN WIE ICH.
SIE HABEN VOR NICHTS ANGST.
TOK
ICH BIN EBEN DOCH AUF DEM RICHTIGEN WEG!

IST DAS NICHT EIN WINK DES SCHICKSALS?
WENN NICHT...
... DANN MACHT DAS, WAS ICH AN JENEM ABEND IM PARK GESEHEN HABE, KEINEN SINN.
SIE GEHÖREN WIE ICH...
... ZU DEN AUSERWÄHLTEN.
WIR WERDEN DEN MENSCHLICHEN ABSCHAUM...
... AUSLÖSCHEN...
... AUSLÖSCHEN...
... AUSLÖSCHEN...
MIT DEN FLAMMEN DER WEISHEIT, DIE NUR UNS AUSERWÄHLTEN VERGÖNNT IST, ENTFACHEN WIR EIN HÖLLENFEUER FÜR DIE DUMMEN.

!
ER HAUT AB?
ICH BIN SICHER, DAS IST DIE ECKE, IN DIE ER EIN-GEBOGEN IST...
... DOCH ER HAT MICH DE-FINITIV ABGE-HÄNGT.
ZZZP
ABER ICH MUSS SAGEN...
... ICH BIN FROH, ENTGEGEN MEINEN GEWOHNHEITEN MIT TAKARADA ZU DEM GOUKON GEGANGEN ZU SEIN.
SO HABE ICH DEN, DEN ICH SUCHTE, GLEICH GEFUNDEN. WAS FÜR EIN GLÜCK!

GIFTSTOFFE
MORDMETHODEN
SELBSTMORD
PRIVATE SEITEN
SUICIDE MANUAL
TACKA
TACKA
...

EPISODE 17
Rh+
RHESUS POSITIV

GRUSE-
LIG...
MIT DEN FLAMMEN DER WEISHEIT, DIE NUR UNS AUSERWÄHLTEN VERGÖNNT IST...
MIT DEN FLAMMEN DER WEISHEIT, DIE NUR UNS AUSERWÄHLTEN VERGÖNNT IST, ENTFACHEN WIR EIN HÖLLENFEUER FÜR DIE DUMMEN.
... ENTFACHEN WIR EIN HÖLLENFEUER FÜR DIE DUMMEN!

...
TAKA-RADA-KUN...
... KENNT SICH MIT SO WAS SICHER NICHT AUS. IST NICHT DER TYP DAFÜR.
GULP
IST DAS WIRK-LICH DER SHINDO-KUN...?
DA KOMMT DEUTLICH SEIN GEL-TUNGSDRANG ZUM AUS-DRUCK!

... WENN DAS ALLES EINFACH NUR VOREILIGE SCHLÜSSE VON MIR WÄREN!
IN IRGENDEINE FINSTERE GESCHICHTE HINEINGEZOGEN ZU WERDEN, DARAUF KANN ICH JETZT GUT VERZICHTEN.
FÜR UNS IST ES AM BESTEN...
... WENN WIR GANZ NORMAL UND UNAUFFÄLLIG LEBEN KÖNNEN.
KIYOI BEVORZUGT JA AUCH EIN RUHIGES LEBEN.
DESHALB NIMMT ER IMMER ALLE IN SCHUTZ.
ABER SO IST KIYOI HALT.
DOCH ER SOLL WISSEN, DASS DAS, WAS IHM JETZT SO AM HERZEN LIEGT, NICHT SO BEDROHT IST, WIE ER DENKT.
IMMER NOCH NICHT FERTIG?
ER SOLL DARAUF VERTRAUEN, DASS UNSERE VERBINDUNG...
... VIEL STÄRKER IST UND NICHT SO LEICHT INS WANKEN GERÄT!
ABER ICH MUSS ZUGEBEN, IN DIESEM PUNKT...
ZZZP
... BIN AUCH ICH NICHT GANZ SICHER.
DOCH ICH BIN WENIGSTENS ZUVERSICHTLICH!
AH! DA BAUT...
... SICH WAS AUF...

ZZZP
AH... WIEDER WEG...
SUUUN
BITTE PASSWORT EINGEBEN!
Login
BWUN
ICH MUSS PASSEN! ICH KOMME NICHT REIN!
GIB NICHT SO SCHNELL AUF!
OB MAN DAS HACKEN KANN?
DU DARFST MEINEN RECHNER GERNE BENUTZEN, ABER GEH NICHT AUF IRGENDWELCHE OBSKUREN SEITEN, OKAY?
TACKA
TACKA
TACKA
HACH, WÄRE DAS SCHÖN ...

...
DER WIRD MICH DOCH NICHT BIS HIERHER VERFOLGEN?
VIELLEICHT HAT ER EINEN PERSÖNLICHEN BLOG ODER SO, DER AUF DER ZIRKEL-HOMEPAGE VERLINKT IST!?
SO ERFÄHRT MAN DOCH IMMER VIEL ÜBER DIE PERSÖNLICHKEIT VON JEMANDEM!
AHA!
MANCHMAL BIST DU GAR NICHT SO DUMM!
„FORSCHUNGSZIRKEL KRIMINALPSYCHOLOGIE"...
DANN WOLLEN WIR MAL SEHEN...
ER HAT WOHL KEINEN BLOG.
DIE LINKS SIND ALLE NUR LITERATURHINWEISE UND SO...
AH...
VIELLEICHT BETREIBT ER KEINEN NORMALEN BLOG, SONDERN EHER EIN DUBIOSES PRIVATES FORUM...
DAS WÄRE DANN VERSTECKT...
ODER VIELLEICHT NEHME ICH DAS ALLES ZU ERNST!?
ACKA TACKA

MACHST DU DIR IMMER NOCH SOR-GEN?
JA...
HAST DU MIT DEM TYPEN VON VORHIN... MIT DIESEM SHINDO... VORHER SCHON MAL GESPRO-CHEN?
HM? NIE.
ICH ERINNE-RE MICH JEDENFALLS NICHT.
HI!
LANGE NICHT GESEHEN, KONOE-KUN!
KANN SEIN, DASS ICH IHM MAL MIT TAKA-RADA-KUN ZUSAMMEN BEGEGNET BIN...
ABER EIN TYP WIE DER IST NICHT BESONDERS AUFFÄLLIG.
SO WAS MACHT MIR AM MEISTEN ANGST, WENN ICH NICHT WEISS, WAS JEMAND IM SCHILDE FÜHRT...
RASCHEL

... DEN MAKOTO MEINTE?
AH, MANN... DAS WAR JA EIN DEBAKEL HEUTE!
ICH HÄTTE FAST JEDEN REST VON SELBST-VERTRAUEN VERLOREN.
MACH, DASS DU HNELL ZUM ECCHOKAN KOMMST!
UND NICHT NUR DIESE NACHT!
ICH HAB DAS GEFÜHL, SEIT WIR UNS KENNEN, VERLÄSST MICH DAS GLÜCK.
NICHT NUR BEI DER JAGD... AUCH FI-NANZIELL!
MEINE AK-TIEN SINKEN IN LETZTER ZEIT GANZ SCHÖN...

„AUCH IN EINEM DUNKLEN PARK BIST DU..."
„... EINE AUFFALLENDE ERSCHEINUNG!"
ICH HAB...
ALSO, ICH GEHE DANN.
WIR SEHEN UNS WIEDER!
... KEINE LUST, DEM DIE HAND ZU GEBEN!
DIE VERDÄCHTIGE GESTALT, DIE MAKOT GEMEINT HAT...
GNN
... MUSS ICH MIR DIE SO VORSTELLEN?
HM...
IST DAS DER KERL...

WIR LÖSEN UNS JETZT AUF!
DU BIST ECHT GNADENLOS!
WAS SOLLTE DIESE AKTION?
... AH...
WIE HIESS ER DOCH...? SHINDO...?
TAMURA-SAN...?
ICH BIN FROH, DASS WIR UNS HEUTE GETROFFEN HABEN!
DAS GOUKON WAR ZWAR EIN REINFALL...
... ABER FÜR MICH PERSÖNLICH WAR ES SEHR WICHTIG.

BYE-BYE!
DIE MÄNNER HEUTE SIND ALLE SCHWUL!
WARUM DIE WOHL ZU EINEM GOUKON GEHEN?
UM SICH BEKEHREN ZU LASSEN?
OH MANN!
...
DIE GLAUBEN DAS IMMER NOCH...
ICH...
... FÜHLE MICH SO BESIEGT...
IM KLUB DER VERLIERER?
NA, NA!
WILLST DU NICHT AUCH MITGLIED WERDEN, KONOE-KUN?
JA JA.
JETZT TRITT NICHT NOCH NACH, MANN!
OKAY, GEHEN WIR DANN ZUM KARAOKE... ODER SO?
IDIOT! IN DIESER ERBÄRMLICHEN VERFASSUNG MACHT DAS DOCH KEINEN SPASS!
STELL DIR EINFACH VOR, ES WÄRE EIN TRINKGELAGE DES ZIRKELS!
WIR SIND ABER IN KEINEM ZIRKEL ZUSAMMEN!

EIN BISSCHEN BEIM KOCHEN HELFEN, MEHR TUT ER NICHT...
... ANSONSTEN KNECHTE ICH IHN IM SCHICHTDIENST...
... UNTER DEM HARUKA NUN GANZ AUS DER FASSUNG GERIET.
...
...!
„HM... HÖRT SICH NACH LUSTIGER MÄNNER-WG AN."
DAS SAGTE WOHL DER BLICK DER MÄDCHEN...
HM...
KANN JA SEIN...
... DASS DU DEIN JURAEXAMEN BESTANDEN HAST...
... ABER DIE PANIK, DIE DU JETZT SCHIEBST...
... BEWEIST, DASS DU ALLES ANDERE ALS EIN GEBORENER RECHTSANWALT BIST.
WIESO KANNST DU DICH NICHT MAL SELBST VERTEIDIGEN?

WAAAS?!
SWUSH
(WIE EINE VEREBBENDE WELLE...)
ÄHM...
DAS IST EIN BIZARRES MISSVERSTÄNDNIS, DAS ICH GERNE AUFKLÄREN WÜRDE!
HRMPF!
BWOKK
ER SCHMAROTZT SICH NUR BEI MIR DURCH!
UOOOH!
ER HATTE ÄRGER IN SEINER PENSION UND WURDE RAUSGEWORFEN...
DA HABE ICH IHM ANGEBOTEN, BEI MIR UNTERZUKOMMEN... GING NICHT ANDERS. IST ABER NUR...
... VORÜBERGEHEND!
ICH LASSE IHN NUR KURZ BEI MIR ÜBERNACHTEN!!
IM GRUNDE HAT ER NUR DEN VERMIETER GEWECHSELT... DAS HAT ÜBERHAUPT KEINE EROTISCHEN IMPLIKATIONEN!
...

EH...?
AH...
DESHALB WAR NEULICH...
... KONOE-KUN SOFORT AM TELEFON...
IHR SEID WOHL PLÖTZLICH RICHTIG ENG MITEINANDER BEFREUNDET...
KEIN WUNDER, DASS MAN EUCH GAR NICHT MEHR SIEHT!
EH...?!

HMPF!
WENN DU DENKST, DU KÖNNTEST MÄDCHEN MIT NACH HAUSE NEHMEN...
... HAST DU DICH GETÄUSCHT! DAS LASSE ICH NICHT ZU!
DU SOLLST AUCH MAL WISSEN, WIE ES IST, NACH BLUT ZU DARBEN!
DER ARME VIZEPRÄSIDENT KANN EINEM LEIDTUN!
AH...
DU MUSST HEUTE NICHT NACH HAUSE KOMMEN, MASAKAZU-KUN!
ICH HAB NATÜRLICH NICHT VOR, DIR DIE TÜR ZU ÖFFNEN!
DU KANNST DIR IRGENDWO AUF EINER BAUSTELLE EINE TONRÖHRE ZUM ÜBERNACHTEN SUCHEN!
WAS...?
...
IHR LEBT ZUSAMMEN...
... MASAKAZU-SAN UND KONOE-SAN?

WILLST DU MEINEN MARKTWERT ETWA NOCH WEITER SENKEN?!
ODER IST DAS HIER EIN ABGEKARTETES SPIEL, UM MICH MIT SO EINEM ABZUSPEISEN?!
NEIN, DAS WILL DOCH NIEMAND...
PUH!
HEUTE NACHT GEHE ICH ALS EINZIGER SIEGER HERVOR! ♡
(SAGT SEIN GESICHT...)
GRRR
DAS KÖNNTE DIR SO PASSEN!!

WAS WAR DAS EBEN?
TAMURA... TAMURA!
PASS AUF...! ICH SAGE DIR MAL WAS...
ICH GLAUBE, ER IST WENIGER AN DEM GOUKON...
... ALS AN DIR PER-SÖNLICH INTERES-SIERT!
GWRAH!
NA JA, ALS ICH IHM EIN FOTO VON DIR GEMAILT HAB, WAR ER PLÖTZLICH SEHR ENTHUSIAS-TISCH!
ICH WAR GANZ BAFF!
DU KOMMST VOM TYP HER EHER BEI MÄN-NERN AN ALS BEI FRAUEN, NICHT WAHR?
FINDE ICH GAR NICHT TOLL!
GIB DU ALS VIZEPRÄ-SIDENT DES „KLUBS DER UNGELIEBTEN VERLIERER" AUCH WEI-TERHIN DEIN BESTES...!
SAG MAL...
BIST DU BESCHEU-ERT?!
SEIT WANN BIN ICH VIZEPRÄ-SIDENT, HÄ?!

Wir sind uns schon einmal begegnet.
Aber das ist dir wohl nicht bewusst. Daher...
Und du fällst ja auf, egal, wo du bist, Tamura-san.
Nein, also...
... auch in einem dunklen Park...
... bist du eine auffallende Erscheinung!
Ha...?
Ganz schön unverschämt! Sagt man so was in der Kneipe?
Schauder
Eh...?

DU WEISST SCHON!
DAS HAT SICH AUS UNSERER VORLIEBE FÜR KRIMIS ENTWICKELT!
DIE VERBINDUNG KAM ZUSTANDE, WEIL MASAKAZU AUCH EINE LESERATTE IST.
HARUKA IST NÄMLICH AN DER JURISTISCHEN FAKULTÄT.
SO LERNTEN WIR UNS KENNEN, OBWOHL WIR AUF VERSCHIEDENEN UNIS SIND.
ACH, DAHER DIE VERBINDUNG! DAS WUSSTE ICH GAR NICHT.
JETZT MACHEN ALLE IRGENDWAS ANDERES... MANCHE JOBBEN, MANCHE SUCHEN EINE ANSTELLUNG, ANDERE SCHREIBEN IHRE ABSCHLUSSARBEIT...
ER WAR DER EINZIGE, DEN ICH MITBRINGEN KONNTE!
ABER...
SPÄH
... DAFÜR, DASS DER HIER IST, UM MÄDELS KENNENZULERNEN...
..., SCHAUT ER AUFFALLEND OFT IN MEINE RICHTUNG!
IST ER ÜBERMÄSSIG SELBSTBEWUSST? NEIN...
ICH BIN DOCH NICHT SCHWUL!
ÄH...

SOLL DAS HEISSEN, WIR TREFFEN UNS HIER, UM UNS DANN ZETTELCHEN ZU SCHREIBEN?!
BERUHIGE DICH...!
TAMURA-KUN MACHT MIR ANGST!
JA, ICH MAG RUHIGE MENSCHEN LIEBER!
LÄCHERLICH!
AUF DEN ERSTEN BLICK WIRKT ER WIE EIN GROBIAN... UND ER IST ES AUCH!
ABER ER IST EIN GUTER KERL! UND SO KLUG!
NICK
AH... DARF ICH VORSTELLEN?
DAS IST SHINDO. ER IST AUF DER UNI MIT MIR IM GLEICHEN ZIRKEL!
ER KAM EIN BISSCHEN SPÄTER.
HALLO.
ER WIRKT BESCHEIDEN...
OBWOHL TAKARADA IN GEWISSER HINSICHT SO CHARAKTERSTARK IST...
NICK
ZIRKEL?
DU BIST IN EINEM ZIRKEL?
HM?
KLAR! NICHT GEWUSST? IM „FORSCHUNGSZIRKEL KRIMINALPSYCHOLOGIE“!

ICH HAB GESAGT, DAS GEHT NICHT!!
DAS IST GEGEN UNSERE INTERESSEN!
DOCH...
Plutes
...ES KAM WIE ERWARTET.
...
DAS LÄUFT NICHT SO, WIE ICH WILL.
SCHWAPP
AH, HAHAHA... DAS IST JA WITZIG!
ABER ALLE SAGEN, DU WÄRST COOL, WEIL DU SO SCHWEIGSAM BIST, TAMURA...

AH... EIN BEKANNTER VON DIR...?
WIESO? HABT IHR ZU WENIG LEUTE?
MACHT NICHTS! ICH NEHME GERN ZWEI FÜR UNS MIT NACH HAUSE!
WORUM GEHT'S? EINE EINLA-DUNG?
MIT HARUKA?
AM LIEBSTEN WILL ICH EIGENTLICH ALLE FÜR MICH!
HA?
EH...?
AUF GAR KEINEN FALL! ICH BIN TOTAL DAGEGEN!
DAS GEHT GAR NICHT!
WENN DER HIER DABEI IST, GREIFT ER ALLE LECKE-REIEN FÜR SICH AB!
GIB NICHT MIR DIE SCHULD!
„DER HIER"?
IST KONOE-KUN BEI DIR? GIB IHN MIR MAL!
WA...
?!

DAS PROBLEM IST, DASS ER UNSERE GESICHTER KENNT...
... WÄHREND WIR VÖLLIG IM DUNKELN TAPPEN.
SPÜRST DU NICHT, DASS IN LETZTER ZEIT...
... 'NE FRAGWÜRDIGE GESTALT UM DICH HERUMSCHLEICHT?
GRRR
ER RÄUMT SIE NICHT WEG!
ER GEHORCHT EINFACH NICHT!
...
JETZT PASS MAL AUF!
FLAPP
SAG MAL...
WENN WIR VON FRAGWÜRDIGEN GESTALTEN UM MICH HERUM REDEN, DENKE ICH ZUALLERERST AN DICH!
DU BIST FRECH UND FÄLLST MIR ZUR LAST WIE EIN DREIFACH BEHINDERTER!
TIDELIII
TI... TIDELIII
AH... TAKARADA?
JA, ICH HAB SCHON AUF DEINEN ANRUF GEWARTET.
WUPP
DER KERL IST SO NACHTRAGEND UND GRIESGRÄMIG!

DAZU WÜRDE MIR EIN AKTUELLER HINWEIS EINFALLEN...
DAS MUSS ES SEIN!
BRANDSTIFTUNG IN ÖFFENTLICHEM PARK – EIN TODESOPFER
AH, DER ARTIKEL ÜBER DAS ABGEBRANNTE TOILETTENHÄUSCHEN IM PARK.
ES GAB EINEN TOTEN...
SCHRECKLICHE SACHE!
ER KONNTE NICHT FLIEHEN, WEIL WIR IHN ANGEKETTET HATTEN!
MIST! DA FÜHLE ICH MICH SCHON EIN BISSCHEN MITVERANTWORTLICH...
NACHDEM WIR KIYOI ANGERUFEN HATTEN...
... WARTETE EINER, DASS WIR ABHAUEN WÜRDEN...
... UND LEGTE DAS FEUER.
WAS AUCH IMMER ER VORHAT, WIR MÜSSEN IHN SCHNELL FINDEN...
... UND KIYOI MUSS SEIN GEDÄCHTNIS AUSLÖSCHEN...
... UND IHN DANN AN DEN MISTER AUSLIEFERN.
IST ALLES ZU STRESSIG.

WIR SIND DOCH KEINE KINDER MEHR!
WIR „ZANKEN" UNS NICHT.
DAS IST GAR NICHT RICHTIG GESPÜLT! DA IST NOCH SPÜLMITTEL DRAN!
AUSSERDEM IST DA EIN STÜCK ABGEBROCHEN!
HEY! BIST DU NICHT HEUTE MIT DEM ABWASCH DRAN?!
DAS IST JA NICHT ZUM AUSHALTEN!
ANGENERVT
ICH DACHTE, DU SCHMAROTZTEST HIER NUR EIN PAAR TAGE...
... ABER DU LÄSST JEDES BUCH EINFACH RUMLIEGEN UND WIRFST DIE SCHUHE IN DIE ECKEN!
SOGAR MEINE SCHUHE!
FAUCH
UND DANN DIE ZEITUNGSSTAPEL!
HIER SIEHT'S AUS WIE NACH EINEM EINBRUCH!
ALS OB DEINE ANWESENHEIT AN SICH NICHT SCHON BEENGEND GENUG WÄRE!
AH...
DER SCHREIT NOCH MEHR RUM ALS KIYOI...
SEIN GENÖRGEL IST MIR EIGENTLICH EGAL.
MICH BESCHÄFTIGT VIEL MEHR, WAS MAKOTO GESCHRIEBEN HAT...
DAS IST GAR NICHT EGAL!
FLAPP
WAS HAT ES MIT DER „VERFOLGUNG" AUF SICH?

„Übrigens... in letzter Zeit fühle ich mich etwas verfolgt und beobachtet."
„Das beunruhigt mich ein bisschen, deshalb bin ich auf der Hut."
„Ist bei dir alles in Ordnung, Masakazu-san?"
Verfolgt...?
„Davon abgesehen würde ich mich freuen, wenn du bald zu uns zurückkämst!"
„Kiyoi-san ist auch nicht mehr sauer."
„Wenn es hart auf hart kommt, bin ich auch auf deiner Seite!!"
...
Das ist nicht das Problem!
„Also dann, ich maile dir wieder."
„Vetragt euch gut, du und Haruka-san, und zankt euch nicht!"
„Makoto."
Wa...
Was soll das denn?!
Das klingt ja wie „Papa ist nicht mehr böse auf dich"!
Als ob ich an allem schuld wäre!

„AN MASA-KAZU-SAN..."
„GEHT'S DIR GUT? ISSTDU AUCH ORDENTLICH?"
„AGEHAS FIEBER IST ZURÜCKGEGANGEN. ER IST WIEDER BEI KRÄFTEN."
„FÜR MICH WIRKT ER WIEDER WIE FRÜHER."
„ICH WEISS ZWAR NOCH NICHT, WIE ES WEITERGEHT..."
„... ABER ER BLICKT EIGENTLICH GANZ ZUVERSICHTLICH IN DIE ZUKUNFT."
SLURP
SLURP
„ER TRINKT JEDEN TAG EIFRIG MILCH."
HRMPF...
VON MAMA?
WAS IST DAS DENN FÜR EIN ANFANG?
„MAN IST SO GESUND, WIE MAN SICH FÜHLT", ODER WAS?
BUH! HA! HA! HA!
„ÜBRIGENS..."

RHESUS POSITIV

Rh+
RHESUS POSITIV
Flower
PREIN
EPISODE 16

# INHALT